Die, 1942 geborene, Schriftstellerin und Journalistin Gerlinde Obermeir war zuletzt bei „profil" als Kulturjournalistin tätig. Den Großteil Ihres Lebens verbrachte sie in Linz. Als Verfasserin von Theaterstücken, widmete sie sich in den letzten Jahren ganz dem Schreiben und wandte sich auch mehr der Prosa zu. 1984 wählte Gerlinde Obermeir den Freitod in Wien.

Gabriela Obermeir ist 1960 als
Tochter der Autorin in Linz
geboren. Ihr Wissen und
Verständnis für Literatur,
veranlasste sie, diese
Geschichten ihrer Mutter noch
einmal zu veröffentlichen. Die
Herausgeberin sieht es als
ihren persönlichen Auftrag
diese inspirierende Darstellung
von Linz und seinen LinzerInnen
der Öffentlichkeit zugänglich
zu machen.

Mein Dank geht an
Jana Reininger und an alle
lieben Menschen, die mir beim
digitalisieren halfen.

Gabriela Obermeir

Oktober 2014

VERLOGENES

Gesprächsbrocken. Ein Glas
Rotwein. Ein Blick auf die Uhr.
Später Nachmittag. Die Blonde
vom Nebentisch dreht eine
Platte zwischen den Fingern.
„Ich geh schnell telefonieren",
sagt sie. Und hinter mir hör
ich eine fette Bürgerliche wie
eine Kuh kuttern.
Sie trägt eine weiße Jacke.
Bluse mit Ausschlagkragen und
ein flottes Halstuch.
Wahrscheinlich hat sie sich
beim Anziehen gedacht, dass sie
heute sportlich sein will. Eine
dicke fette sportliche
Bürgerliche.

Ich zieh mein Taschentuch aus

der Beduinen-Umhängetasche. Die Beduinen-Umhängetasche gehört zur Beduinen-Jacke. Ich selbst hab mir beim Anziehen gedacht, dass ich heute ausgeflippt ins Café Traxlmayr gehen will. Mit meinen Beduinen-Sachen, die ich am Flohmarkt in Wien gekauft habe. Ich hoffe, dass ich nicht genauso bürgerlich bin, wie die dicke fette, sportliche Bürgerliche.

Ich bin ins Traxlmayr gegangen, um Material zu sammeln für ein Buch, das den Titel tragen soll „Geschichten aus dem Traxlmayr". Dann denk ich über den Titel nach.

Vielleicht besser „Geschichten

aus Linz"? Oder „Geschichten
über die Linzer"?

Oder – ja – wie sollen sie wohl
heißen, meine Geschichten? Ich
glaube, ich nenne sie
„Verlogenes aus Linz". Denn die
Geschichten sind so wahr, wie
sie verlogen sind. Sie sind
wahr, weil ich Linz so sehe und
weil ich genauso wahr bin, wie
der Bürgermeister oder
irgendein anderer Linzer. Oder
gibt es jemand, der dem
Bürgermeister oder mir, oder
sich selbst, die Wahrhaftigkeit
absprechen wollte?

Der Bürgermeister sieht Linz
und erzählt seine Geschichten.
Ich sehe Linz und erzähle meine

Geschichten. Und da wir beide
wahrhaftig sind, kann ich mir
gar nicht vorstellen, dass die
Geschichten des Bürgermeisters
wahrer oder wahrhaftiger sein
sollen als meine.

Meine Geschichten wiederum sind
auch verlogen. Verlogen, weil
einfach die Namen nicht
stimmen. Tobias hat mir gesagt,
ich soll die Namen der Personen
nicht nennen und ich soll
erfundene Namen verwenden. Denn
wir leben noch in der
Gegenwart. Und es ist alles
hautnah. Und da sind die Leute
eben empfindlich. Also habe ich
die Namen gelogen.

Im Traxlmayr trifft man immer
wieder bekannte Gesichter. Ich
war wirklich noch nie im
„Traxl", ohne irgendein
bekanntes Gesicht zu treffen.
Maria, die Freundin von Gabi
sitzt in einer Ecke. Mein Gott,
hat sich die verändert, seit
ich sie das letzte Mal gesehen
habe. Sie trägt jetzt Jeans und
einen bunten Pullover. Ihre
Locken fallen auf die Schulter.
Wild. Ungestüm.

Ich sehe sie zum ersten Mal
eine Zigarette rauchen. Und
dabei sieht sie direkt ordinär
aus. Nein, nicht ordinär. Ich
habe Vorurteile. Oder doch? Ich
weiß es nicht.

Ich weiß nur, dass sie aus einer stinkfeinen Familie kommt und, dass ihr Vater Arzt ist. Wenn ihre Mutter sie so sehen würde, hätte sie bestimmt keine Freude. Aber ihre Mutter sieht sie nicht, und Maria ist sicher froh, dass sie sein kann, wie sie ist. Hübsch ist sie geworden, die Maria. Hübsch und schon ziemlich erwachsen.

Es ärgert mich eigentlich nur der Gedanke an die arrogante Mutter. Wenn ich sie seh', dreht es mir den Magen um. Im Pelzmantel. Eine Parfumwolke rund um sich. Knallige Lippen. Und jedes Mal, wenn ich sie treff, drückt ihre Körpersprache aus – wir sind eine ordentliche Familie.

Was mich an den Bürgerlichen stört, ist ihre Lüge. Ihre Lebenslüge. Denn ich kann mir nicht vorstellen, dass sie wirklich alle so angepasst sein wollen, wie sie tun. Maria selbst ist gar nicht so angepasst.

Wie sie klein war, war sie ein lautes fröhliches Mädchen und wie sie größer geworden ist, war sie ein lautes fröhliches Mädchen aus einer stinkfeinen Familie. Hoffentlich wird sie wieder einmal einfach nur ein lautes fröhliches Mädchen sein.

Jetzt geht sie wieder, die

Maria. Winkt ihren Freundinnen und Freunden zu, lacht noch einmal laut und spitzbübisch, wie sie als kleines Mädchen gelacht hat. Schüttelt ihre Locken und stolziert selbstbewusst zur Tür hinaus.

Ich werde nun wohl auch nach Hause gehen und ein anderes mal wieder meine Gedanken im Traxlmayr niederschreiben. Ich bin ja noch oft in diesem schönen alten „Wiener Kaffeehaus". In dem Kaffeehaus, das ich so liebe, weil die Kellner zu allen Gästen gleich freundlich, gleich neutral sind. Zu der dicken, fetten sportlichen Bürgerlichen. Zu mir, der Ausgeflippten in den

Beduinen-Sachen. Zu Maria und zu allen anderen. Deshalb hat das Traxlmayr auch Atmosphäre.

Die Atmosphäre eines bunten Zoos, in dem alle Tiere leben dürfen.

SITZPLÄTZE

Heute sitze ich auf der rechten
Seite im Traxlmayr. Wenn man
ins Traxlmayr kommt, rechts.

Ich bin manchmal abergläubisch.
Wenn ich rechts sitze, denke
ich mir etwas dabei.
Wahrscheinlich krieg ich wieder

Aggressionen. Außerdem denke
ich, dass ich in Österreich

weder rechts noch links sitzen
möchte.

Ich denke aber auch daran, dass
ich schon gar nicht in der
Mitte sitzen möchte. Denn dort
sitzen die Liberalen.

Die Liberalen, die gar nichts verändern wollen in Österreich. Die nur wollen, dass es so bleibt, wie es ist.

Die sich überhaupt nicht vorstellen können, dass man in Österreich überhaupt etwas verändern kann, soll, will. Oder wenn, dann mal nach vorn – mal nach hinten. Sie gehen

dabei auf den Zehenspitzen, um nur ja möglichst leise zu treten. Und Österreich über alles!

„Es ist ein schönes Land, ein gutes Land, wohl wert das sich ein Fürst…"

Einmal sagen sie ja, wenn es nein heißt, einmal sagen sie

nein, wenn es ja heißt. Und sie
geben immer nach, die
Liberalen, damit sich
Grillparzer nicht im Grabe
umdrehen kann.

Die meisten engagierten jungen
Linzer werden irgendwann einmal
nicht engagierte Linzer. Dann,
wenn sie älter sind. So ab
dreißig ungefähr. Da beginnt in
ihrer Vorstellung der Weg nach
oben. Und in ihrer Wirklichkeit
der Weg nach unten. Sie werden
liberal. So wie der W. und der
G. von der SP.

Heute sitzen sie friedlich am
runden Tisch. In
Plüschpölstern. Umrahmt von den

Rüschenvorhängen des Café Traxlmayr. Und genau in der Mitte, hinten beim Fenster.

Servus W. Servus G.

Wie es mir einmal schlecht gegangen ist, war ich beim W. Er wollte mir damals helfen. Er wollte. Wie es mir einmal schlecht gegangen ist, war ich beim G. Er wollte mir damals helfen. Er wollte. Aber ich. Ich habe zu viel Dreck am Stecken gehabt. Ich glaube deshalb, weil ich nie eine Liberale war. Ich habe Marihuana geraucht. Ich habe gesoffen. Ich habe geschmust in der Öffentlichkeit. Gebrüllt. Und geflucht. Ich habe geflucht

auf die politischen Parteien in
Österreich.

Auf unseren Landeshauptmann bei
der VP. Auf unseren
Bürgermeister bei der SP. Auf
die Kronenzeitung und auf die
geschniegelten Lackaffen, die
sich ihre Position erstunken,
erlogen, ersessen haben. Und
auf die Funktionäre beim
kommunistischen Bund, die über
ihrer Chinatreue nicht einmal
bemerkt haben, dass es in China
schon Coca-Cola gibt.

Ich habe geflucht und
geschrieben. In der
Kronenzeitung. Und dann bin ich
hinausgeflogen. So geht das.

Trotzdem möchte ich nie eine Liberale werden. Dann schon lieber eine Anarchistin. Die Anarchisten haben wenigstens Mut. Den Mut der Selbstverzweiflung. Mit der Anarchie hat's bei mir nur einen Haken – ich kann nicht töten. Obwohl ich es eigentlich schon längst gelernt haben müsste. Denn wie oft bin ich schon getötet worden. Von Ws. Von Gs. Und von all den anderen. Wie oft töten die Menschen täglich?

Sie sind gleich groß – der W. und der G. – sehe ich, wie sie das Traxlmayr verlassen. Der G. trägt ein braunes Sakko. Der W. ein grünes.

Braun ist die Hitler-Farbe.

Grün ist die Hoffnung.

Wo kämen wir hin, wenn wir
sogar auf die Farben aufpassen
müssten, die die Menschen
tragen.

Ich lasse sie ziehen die
Beiden. Ich lasse sie gehen.

Und denk mir insgeheim, dass
sie nichts dafür können. Es
fehlt ihnen einfach der Mut und
sie sind, wie sie sind.
Liberal.

„Das geht deshalb", sagt die
Mittelschülerin am Nebentisch,
„weil die Leut halt so
anspruchslos sind." Und im
Traxlmayr werden jetzt wieder
die Stimmen lauter. Die
Menschen kriegen wieder

Gesichter, weil ich aus meinen
Gedanken aufgetaucht bin.
Aufgetaucht in die
Wirklichkeit. Und die
Wirklichkeit – sehe ich jetzt –
ist so, dass niemand aus seiner
Haut heraus kann. Du nicht, und
ich auch nicht.

Benno sitzt am Nebentisch. Er
schreibt über Kommunalpolitik
in Linz. Ich möchte ihm diese
Geschichte lesen lassen. Aber
Benno unterhält sich mit einem
Mädchen. Einem hübschen lila
Mädchen. Wahrscheinlich ist sie
nicht einmal liberal. Und der
Benno hat keine Augen jetzt für
die Kommunalpolitik. Er hat
überhaupt nur Augen für das
lila, wahrscheinlich nicht

einmal liberale, Mädchen.

Servus Benno. Und ich mag dich,
und vielleicht schreibe ich das
nächste Mal über dich.

Die Frage ist nur – auf welche
Seite soll ich dann wohl meinen
Arsch im Traxlmayr setzen.

MONTE VERITA

Ein Glas Rotwein, Herr Ober.
Und worüber schreibe ich heute?
Es wird sich wohl was ergeben,
und lange muss ich nicht
suchen. Ich sehe schon. Der
langhaarige Friedrich unterhält
sich gerade angeregt. Seine
Haare sind schon länger
geworden, seit ich ihn das
letzte Mal gesehen habe. Na,
der wird Schwierigkeiten
kriegen. Aber vielleicht hat er
sie schon hinter sich. Und
außerdem – lang werden die
Haare nicht mehr lang ein. Er
ist dreiundzwanzig.

O Gott, wie ich euch mag – euch
junge Außenseiter. Wenn ich mir

vorstelle, wie ihr kämpfen müsst. Zu Hause. Am Arbeitsplatz. Ich bewundere dich, Friedrich, weil du mit dreiundzwanzig noch kämpfst. Jeden Tag. Allein deshalb, weil du lange Haare hast. Und weil lange Haare in Linz etwas Unappetitliches sind. Etwas Progressives. Und etwas Progressives ist auf jeden Fall zum Fürchten.

Wenn die Linzer wüssten. Lange Haare sind nämlich gar nicht progressiv. Die hat es immer schon gegeben. Zum Beispiel in Ascona. Am Monte Verita. Da lebten die Langhaarigen. Und die Nackten. Und die Progressiven. Ich habe es

voriges Jahr in Wien gesehen.
Im Museum. Aber Wien ist eben
Wien. Und Linz, Linz.

Ich sehe ein Bild vor mir von
meiner Schwägerin. Ich seh' sie
vor mir, wie sie am Boden in
ihrer Wohnung kriecht und
Zigarettenstummeln sucht. Sie
war nicht da, eine Nacht lang.
Und meine Nichte hat ein Festl
gefeiert. Und am nächsten
Morgen kommt die Schwägerin
zurück, riecht den Rauch vom
Festl und kriecht am Boden.
Dort sucht sie
Zigarettenstummeln und
Kommunisten. Keppelt immer
wieder: Kommunisten waren da.
Kommunisten. Die hat eine

Ahnung. Die hat eine Ahnung!

I – ba – bu drauß bist du,
drauß bist du noch lange nicht,
musst erst sagen, ob Kommunist
du bist.

Oder: Eia poppeia, was raschelt
im Stroh, Anarchen, Anarchen,
die stinken so. Meine
Schwägerin stinkt nicht.
Höchstens nach Geld und nach
dem Schweiß der Arbeit in ihrem
feinen Geschäft. Hoffentlich
klagt meine Schwägerin nicht.
Aber ich glaube, die liest
nicht. Zumindest nicht so was.
Allerdings könnte es sein, dass
ihr jemand genau diese
Geschichte unter die Nase

reibt. Ja. Ja. Auch das gibt's
in Linz.

Die vielen netten,
hilfsbereiten Leute, die immer
wieder erzählen, was Wichtiges
in Linz passiert ist. Und
manchmal glaube ich sogar, ich
könnte für Linz wichtig sein.
Vielleicht gibt es dann einen
Prozess. Wenn es einen Prozess
gibt, erzähl ich in Wien,
worüber die Linzer
prozessieren. Schön wird das.
Dann werden die Wiener über
Linz schreiben. Und mir wird
alles weggenommen, wenn ich die
Prozesskosten zahlen soll. Denn
Österreich ist ein Rechts-
Staat.

Nein, weg mit dem Gedanken. Weg mit dem Rechts-Staat. Weg mit der Schwägerin.

Ich will meine Holzhütte auf dem Pachtgrund an der Donau behalten. Meinen zehn Jahre alten Toyota. Und erst recht meinen Fernseher. Wenn sie mir meine Holzhütte wegnehmen, brauch ich den Toyota auch nicht mehr. Denn, dann gibt es eben keine Holzhütte mehr, zu der ich fahren soll, obwohl ich eigentlich lieber nach Italien, Spanien, Indien oder San Franzisko fahren würde. Aber um den Fernseher wäre mir wirklich leid. Denn, im Fernsehen sehe

ich alles über Italien,
Spanien, Indien, San Franzisko.

Seide wie Wolle. Zum Prozess
wird's nie kommen. Denn ich
habe so viele Schwägerinnen.
Und welche davon, wollte sich
wohl betroffen fühlen?

Zurück zu Friedrich. Der zahlt
gerade. Welch ein Wunder. Ein
Langhaariger, der sich das
Traxlmayr leisten kann.
Wahrscheinlich hat er das Geld
gestohlen. Weil, dass er es
ehrlich erarbeitet hat, kann
ich mir überhaupt nicht
vorstellen. Langhaarige haben
kein Geld.

Ich zahl jetzt auch. Denn
einstweilen kann ich mir das
Traxlmayr noch leisten. Wie
lange wohl noch? Wahrscheinlich
nur so lange, so lange die
Geschichten über Linz nicht
veröffentlicht sind. Es sollen
ehrliche Geschichten sein.
Sonst hätten sie keinen Sinn.
Sonst wären sie harte Arbeit.
Für mich.

UNANSTÄNDIGKEITEN

Geschichten aus Linz und gestern beim Theaterstammtisch gewesen. Anständig - unanständig. Wie weit soll sich das Theater wagen?

Etwa 60 Leute diskutieren und gestartet wird mit Peter Henisch, der bereits einen österreichischen Unanständigkeitsanstand hinter sich hat. Junge Leute sind da. Alte Leute sind da. Abonnenten. Nichtabonnenten. Meine ehemalige Deutschprofessorin. Ein paar Journalisten. Schauspieler. Regisseure. Ein

Dramaturg. ADABEIS, die einfach „in" sind in der Kulturszene von Linz. Und dass in der Kulturszene von Linz das Thema „Anständig – unanständig" überhaupt besprochen wird, sagt ja auch schon recht viel über Linz. Was ist überhaupt anständig. Und was unanständig? Einer redet über Schmusen auf der Bühne. Der andere vom „Frühlingserwachen". Und einer vom Onanieren. Und einer verlangt ein Altenschutzgesetz, wie es eben ein Jugendschutzgesetz gibt. Herr Professor K. hat Angst, dass die Abonnenten von Sonntagnachmittags-Abonnement verdorben werden.

Moral bleibt immer noch Moral, und gewusst wie, und am nächsten Tag wird Professor K. wahrscheinlich im Fernsehen zuschauen, wie sich bei Derrick ein Sexualmörder über sein Opfer hermacht. Prof. K. wird hineingeilen. Fasziniert. Gebannt. Gierig. Aber das ist wohl eine andere Sache. Denn, Fernsehen ist eben fern sehen. Theater aber ist nah sehen. Und nah sehen möchte er sie nicht, der Herr Professor. Die Nackten und die Toten.

Höchstens in der Oper. Denn in der Oper ist ja alles mit schöner klassischer tiefgehender Musik untermalt.

Manchmal wundere ich mich über die Harmlosigkeit der Linzer. Anständig – unanständig. Und dazwischen wird das Bierfass angeschlagen. Der erste Guss spritzt einen Meter weit, trifft den Regisseur genau ins Gesicht und auf den Pullover, und das Publikum brüllt vor Vergnügen, denn ein lustigeres, spontaneres Theater hätte man ihm wohl kaum bieten können.

Nachher kriegen alle ihr Gratisbier und ihre Schmalzbrote und mit vollem Mund mischt sich meine ehemalige Deutschprofessorin in die Diskussion. Aristophanes, sagt sie, hätte immer schon unter der Gürtellinie geschrieben. Aber Aristophanes lebte eben im alten Griechenland und da hat der gute Literat auch nur für Männer geschrieben. Denn, die Frauen durften im alten Griechenland überhaupt nicht ins Theater.

So ändern sich die Zeiten. Heute gehen mehr Frauen als Männer ins Theater. Genau 60 Prozent Frauen. Und für die 60 Prozent muss man moralisches Theater bringen. Was Moral ist, weiß meine Deutschprofessorin.

Wie meine Tochter Gabi sechs Jahre alt war und gerade lesen und schreiben gelernt hat, sitzen wir beide in einer Konditorei. Und die Gabi

blättert in einer Zeitschrift.
Dort findet sie eine
Überschrift und buchstabiert so
laut, dass es alle in der
Konditorei hören können. Die
Überschrift hat „Moral"
geheißen. Und wie die Gabi
buchstabiert, haut gerade ein
Gast der Servierdame eine am
Arsch und sagt: „Na, Schöne,
wann krieg ich mein Tortl?".
Und ich denk gerade daran, dass
solche Leute wie der Gast von
damals heute bei der Diskussion
sitzen – Jahre später – sehr
distinguiert, sehr anständig,
sehr moralisch. Und ich denk
daran, dass die Theater-Autoren
die Sprache nicht erfunden
haben. Dass sie eigentlich nur
Worte schreiben können, die es

schon gibt. Denn, würden sie neue Sätze erfinden, neue Worte, eine neue Sprache, so würde niemand wissen, ob anständig oder unanständig … Ich glaube nämlich nicht, dass irgendjemand beurteilen kann, ob beispielsweise der Satz: „Gestern habe ich Nazipoppoli geliebt" als moralisch zu werten ist oder nicht.

Und, dass sich die Linzer über Unanständigkeiten aufregen, zeigt letztlich auch nur, dass sie über diese Unanständigkeiten schon längst Bescheid wissen. Am lautesten krähen wohl jene, welche die fantasievollsten Vorstellungen von Unanständigkeiten haben.

Linz ist eine sehr
fantasievolle Stadt. Wenn das
nicht positiv ist!

STANDPUNKT

Der Ober bringt Tee – und ein
leichter Kater. Die Sauferei
gestern Abend. Essen mit
Robert. Später Coretto und
Badcafe. Ich hab mir wieder mal
die Szene von Linz gegeben.
Coretto bumsvoll. Man kann
nicht einmal mehr stehen.
Rauchschwaden. Stimmengewirr.
Gestank und Lärm. Und genauso
war das Badcafe.

Die Leute in den Nachtbumsen
werden immer jünger. Oder ich
werd immer älter und merk den
Unterschied erst, wenn ich
wieder mal in einer Nachtbumsen

sitz.

Robert fühlt sich wohl. Er ist
Journalist bei profil und will
einen Report über die
Rangeleien „Allgemeines
Krankenhaus oder Rathausneubau"
bringen. Der Kopf unseres
Bürgermeister wackelt, weil
Richard von der Kronen-Zeitung
die Partie angezündet hat.
Robert will dem Bürgermeister
helfen. Und ich will Robert
helfen und schick ihn zu
Richard. Und ich hoff, dass
sich die beiden gut verstehen.
Richard und Robert. Das
Allgemeine Krankenhaus ist
natürlich sehr wichtig. Die
Leut liegen dort unter
desolaten Umständen, wenn sie

krank sind.

Und letztlich weiß jeder
Linzer, dass er ins AKH
wirklich nur dann geht, wenn er
muss. Dann, wenn er so
urplötzlich spitalsreif wird,
dass er keinen Tag mehr länger
warten kann und ihm entweder
jedes Spital recht ist, bevor
er krepiert oder weil's gerade
kein anderes gibt, das Aufnahme
hat. Aber, dass ein Linzer
freiwillig und überlegt ins AKH
geht, kann ich mir nicht
vorstellen. Das AKH ist bekannt
als die Schlachtbank von Linz
und es gibt dort tatsächlich
noch Säle, wo dreißig Leut
drinnen liegen müssen. Und die
Tristesse, wenn man so wo

liegt, ist groß. Und die Gesundheit geht langsam voran, weil´s eben ein einziger Massenbetrieb ist.

Ich war auch einmal im AKH auf der Zahnstation. An einem Sonntag waren die Zahnschmerzen so groß, dass ich's nicht mehr ausgehalten hab. Uns es war ein netter Arzt, ein griechischer. Der hat auch Mitleid mit mir gehabt. Zuerst hat er zum Bohren angefangen. Nachher, wie er mich weinen sieht, streichelt er mein Gesicht und sagt nur: „Zwei Wurzeln. Ping. Pong." Und dann hat er – glaube ich aus Mitleid mit mir, den Zahn einfach herausgezogen. Seit damals habe ich ein Loch.

Denn die Wichtigkeit, dass ich 12.000 Schilling für eine Brücke auf den Tisch leg, war noch nicht so groß. Da gibt's eben andere Dinge, die mir wichtiger sind. Aber das ist wieder was anderes.

Einmal hab ich eine Freundin besucht im AKH mit einer Brustdrüsenentzündung. Die ist in so einem Dreißig-Betten-Saal gelegen. War schwach, weil sie ein Baby gekriegt hat.

Das Baby hat sie noch im Evangelischen Krankenhaus gekriegt. Das Evangelische Krankenhaus ist ein teures Krankenhaus von den Diakonissen. Die Entbindung dort hat sie sich noch leisten können aber die langwierige Brustdrüsenentzündung danach nicht. Und so hat sie sich ins AKH überstellen lassen. Dort ist sie dann gelegen. Ohne Baby. Mit ihrer Brustdrüsenentzündung. Und hat die ganze Zeit geheult. Weil sie schwach war. Und neben ihr zwanzig, dreißig Leute. Und ein paar sind dabei gestorben. Und sie hat zugeschaut, wie die krepiert sind. Und ihr ist zugeschaut worden, wenn der Mann gekommen ist und endlich wieder mit ihr hat schmusen wollen. Die Zeit im AKH, sagt sie, war ein Horror.

Gesund ist sie dann, Gott sei

Dank, doch wieder geworden. Und auch ihr Baby ist heute gesund. Wie eben alles mit der Zeit wieder gesund wird.

Für die, die gesund sind, ist natürlich auch das Rathaus sehr wichtig. Bestimmt genauso wichtig. Es wird ja überall mehr Papier. Und es werden überall mehr Leute. Und wo sollten schließlich Papier und Leute hin?

Robert fragt mich, ob ich nicht wieder für profil schreiben würde. Nein. Ich will nicht mehr für profil schreiben. Ich habe weder Stil. Zumindest habe ich nicht den Profil-Stil. Rotzig. Zynisch. Ironisch.

Satirisch.

Und außerdem habe ich keinen
Standpunkt. Ich stehe nirgends.
Ich bewege mich. Von Mensch zu
Mensch. Von Punkt zu Punkt. Von
Standpunkt zu Standpunkt. Und
wenn man so ist, kann man nicht
bei profil Journalist sein.

Wenn ich mir die Artikel vom
Lingens lese, dann denk ich mir
immer, dem muss es so gehen wie
mir. Auch der Lingens dreht
sich wie eine Fahne im Wind. So
wie ich. Wie damals bei pro
oder contra Zwentendorf. Da hat
er einmal hopp und einmal dropp
geschrieben. Ich hätte damals
sicher nur dropp geschrieben.

Schon allein aus Solidarität.
Was aber noch lange nicht
heißt, dass mein Standpunkt
wirklich dropp ist. Denn immer
noch bleibt die Frage offen, ob
die Radioaktivität von
Zwentendorf schlechter ist als
die Radio-Aktivität vom ORF.

Und im Grund ist's mir völlig
wurscht, woran ich krepier. Ob
an der Atomkraft oder an bösen
Worten oder am Lungenkrebs im
AKH, weil ich noch immer rauch
wie ein Schlot.

Nein, ganz gleich ist's mir
auch nicht. Am liebsten würde
ich spontan und ohne bösen
Gedanken und ohne Ärzte im

Sonnenschein am Meer …

Aber das wünscht sich wohl
jeder. Ich bin kindisch.
Standpunkt. Punkt.

SIEGERINNEN

Warten auf Christine.
Beobachten. Schauen, wer heute
wohl im Traxlmayr … Gedanken
suchen. Warten auf Gedanken.

Ida und Ferdinand lassen gerade
ihren Kaffee kalt werden. Sie
sind wieder beisammen und
zufrieden die Beiden. Sie
halten Händchen, und der
Ferdinand bückt sich höflich
und hebt eine Zeitung auf, die
Ida auf den Boden gefallen ist.
Isa lacht, schüttelt den Kopf
und streicht ihm über den Arm.

Ich freue mich, dass die Beiden

so zufrieden sind miteinander,
obwohl ich nicht weiß, ob das
auch gut ist, denn vor ein paar
Wochen war es noch schlimm mit
den Beiden und wahrscheinlich
wird es in ein paar Wochen
wieder schlimm mit den Beiden
sein.

Ich erinnere mich an Gespräche
mit Ida. Wie sie geweint hat,
weil der Ferdinand mit der
Eveline in Amstetten … Und ins
Gesicht hat er ihr noch
gelogen, dass er die Eveline ja
kaum kenne. Und die Eveline ist
eine blöde Kuh, ein Trampel,
und wie die Ida überhaupt auf
die Idee … aber die Ida sei
eben die Ida.

Seine Maus. Seine Beste. Sein
Kamerad in allen Lebenslagen.
Die Eveline nie, aber überhaupt
nie und gar kein Hindenken. Und
am Wochenende im Jänner musste
der Ferdinand auf ein Seminar
nach Amstetten.

Geschäftlich. Wie lästig die
Geschäfte doch sind. Nicht
einmal am Wochenende ist Ruhe.
Der Chef ist ein Affe. Ein
Ausbeuter, der sogar am
Wochenende … Aber das Seminar
hilft Ferdinand bei seiner
Karriere. Die Karriere wiederum
ist Ida wichtig. Genauso
wichtig wie ihr Ferdinand.

Und am Sonntagabend denkt sich

die Ida, sie holt ihn ab vom
Zug. Von Amstetten. Weil der
Zug doch so spät in der Nacht.
Und der Ferdinand wird sich
freuen, wenn sie mit dem Auto…
und er nicht zu Fuß mitten in
der Nacht noch nach Hause gehen
muss. Müde vom Seminar. Müde
von den Anstrengungen. Müde von
der Firma, die er am Wochenende
im Kopf haben muss. Eine
Überraschung. Für ihren
Ferdinand. Eine schöne
Überraschung für ihren
Ferdinand und die Eveline und
die Ida auch.

Später hat die Ida ihr
Taschentuch zwischen den
Fingern gedreht, ein paar Glas
Rotwein in sich
hineingeschüttet, wie sie mir

die Überraschung erzählt hat
und auch noch mehr. Der
Ferdinand, sagt sie, ist ein
guter Mann, mit einem guten
Kern.

Als er ihr vor ein paar Monaten
die Ohrfeigen gegeben hat, war
er im Recht, weil die Ida eben
immer so hysterisch ist und
dauernd nörgelt. Anders als
durch die Ohrfeigen, wäre ihr
das wahrscheinlich nicht
bewusst geworden. Sie hat
nämlich wirklich viel
genörgelt. Beim Wohnung putzen,
beim Wäsche waschen. Nach dem
Einkaufen. Beim Kochen. Beim
Bügeln. Mit den Kindern. Mit
dem Ferdinand. Und wenn sie am
Abend von der Arbeit

heimgekommen ist, dann hat sie
erst recht genörgelt, die Ida.

Jetzt hat die Ida dazugelernt.
Sie hat die Ohrfeigen. Und die
Überraschung vom Bahnhof. Und
sie weiß, dass sie hysterisch
ist und sich beim nörgeln
einbremsen muss.

Aber Gott sei Dank ist alles
wieder gut und der Ferdinand
hält Idas Händchen, hebt die
Zeitung auf, zahlt großzügig
und hilft ihr liebevoll in den
Mantel. Wie sie gehen, schaut
die Ida nicht herüber zu mir.
Ich bin froh, denn ich wüsste
wirklich nicht, wie ich zur Ida
hinüber schauen sollte.

Und dann – plötzlich bei der
Tür – dreht sie sich doch um,
die Ida und blickt mich an.
Ganz spontan heb ich den Arm,
mach eine Faust und ruf ihr zu
„Venceremos". Weg sind die
Beiden.

Ich bleib zurück im Traxlmayr
mit dem „Venceremos" auf den
Lippen, der geballten Faust und
den blöden Blicken von der
Runde am Nebentisch.
Wahrscheinlich denkt sich da
wieder mal jemand: „Die Frau
spinnt", denn die da drüben am
Nebentisch wissen gar nichts.
Wahrscheinlich wissen sie nicht
einmal, dass „Venceremos" „wir
werden siegen" heißt. Und dabei
bin ich mir nicht einmal

sicher, ob die Ida jemals siegen wird.

Jetzt kommt Christine bei der Tür herein, sucht mich. Ich denke noch schnell daran, dass Christine wenigstens einen kleinen Schritt gesiegt hat. Christine ist geschieden. So wie ich. Und ich denk daran, dass wir wieder über Literatur reden werden und über Beziehungen, und vor allem über den Wunsch, dass wir beide gerne eine gute ordentliche freie partnerschaftliche Beziehung hätten. Aber Christine und ich haben eben wirklich schon gesiegt.

Und wie immer man es nimmt: Mit Siegerinnen wollen die Männer von Linz nichts zu tun haben. Auch die nicht, die sagen, dass sie partnerschaftlich sind.

GELD

8.45 Uhr im Café Traxlmayr. Um
diese Uhrzeit ist nur die
Hälfte der Tische besetzt. Es
haben nur wenig Leute Zeit, um
8.45 Uhr im Traxlmayr zu
sitzen. Ich habe Zeit. Ich habe
mir heute Zeit genommen, weil
ich mir meine Zeit bei der
Sparkasse einteilen kann. Ich
arbeite in der Sparkasse. Mein
Job ist relativ frei. Keine
Dienstzeit. Ich kann kommen und
gehen, wann ich will. Ich muss
nur meine Arbeit machen. Leider
ist meine Arbeit so viel, dass
ich nur selten kommen und gehen
kann, wie ich will. Aber heute
- heute nehme ich mir Zeit. Ich

habe nämlich Namenstag.

Ja. Ich stehe zum ersten Mal in
einem Kalender. Noch dazu in
einem Sparkassenkalender. In
Kalendern ist bisher immer nur
Gerhild gestanden. Gerlinde
noch nie. Wie ich jünger war,
hat es mich geärgert, dass nur
die „Gerhild" im Kalender steht
und Gerlinde nicht.

„Ger" heißt Speer. „Linde" kann
der Baum sein. Oder auch mild
bedeuten. Beides ist mir recht.
Gerlinde. Die, die den Speer
wirft. Gerlinde. Die, die den
Speer auf einen Baum wirft.
Gerlinde. Die, die den linden
Speer auf einen Baum wirft.

Worauf? Vielleicht heute auf die Sparkasse. Die Sparkasse liegt gegenüber vom Traxlmayr. Der Tee, den ich trinke ist zu heiß. Aber immerhin, er schmeckt nicht schlecht der Tee im Traxlmayr, und er lässt sich trinken.

Die Sparkasse ist ein Bermuda-Dreieck. Wer sich in der Sparkasse nicht auskennt, kann verloren gehen. Wer sich in der Sparkasse auskennt, kann auch verloren gehen. Nur das Geld nicht. Das Geld kann nicht verloren gehen. Es kann höchstens wandern. Von der Kasse in den Tresor. Und vom Tresor hinaus in die große weite Welt.

Was das Geld betrifft, unterscheiden sich die Linzer nicht von den übrigen Österreichern. Geld ist aus ihrem Leben überhaupt nicht mehr wegzudenken, und den Großteil ihrer Zeit verbringen sie damit, für Geld Dinge zu tun, die ihnen mehr als zuwider sind. Dabei glauben sie, dass sie arbeiten, damit sie mit ihrem Geld leben. In Wahrheit ist es so, dass sie arbeiten, damit die Wirtschaft leben kann. Denn leben kann kein Mensch vom Geld. Geld ist nichts zum Essen und auch nichts zum Wohnen. Wenn also die Menschen so viel Arbeit und Zeit wie sie für die Beschaffung des Geldes

aufbringen, für die Beschaffung
von Essen und Wohnen aufbringen
würden, könnte ja wohl ganz
Linz wie im Schlaraffenland
leben und wohnen.

Ich finde nicht, dass die
Linzer so ausschauen, als
würden sie im Schlaraffenland
leben. Und das ist eigentlich
auch logisch. Denn, es ist
längst so gekommen, dass die
Menschen für die Wirtschaft da
sind und nicht die Wirtschaft
für die Menschen das ist – wie
es sein sollte. Was heißt „die"
Menschen. Für einige wenige
Menschen ist sie sehr wohl da,
die Wirtschaft. Und diese
einigen wenigen sind die, die
schon längst begriffen haben,

dass Geld nichts zu essen und wohnen, sondern höchstens was zu spielen ist. Und damit sie weiterspielen können, erzählen sie den Anderen, Geld sei wichtig und die Wirtschaft sei wichtig. Und das Kuriose daran ist, dass alle anderen bei diesem Spiel mitmachen, obwohl sie dabei nur verlieren können.

Na ja, zahlen Herr Ober! Was hilft's. Ran an die Arbeit. Rein in die Sparkasse. Daran hat auch mein Namenstag nichts geändert.

TRAGIKOMIK

Der Dietz und der Klaus stehen
beim Eingang. Die beiden haben
es heraußen, selbstbewusst in
den Raum zu blicken. Die beiden
sind das gewohnt. Sie arbeiten
bei unserem Landestheater. Bei
unserer Landesbühne. Die beiden
haben's gut. Die sind von Beruf
schon Schauspieler. Wir, die
Anderen, sind zwar auch
Schauspieler, aber bezahlt
kriegen wir nichts dafür.
Keinen Groschen für das
Theater, das wir Tag für Tag
spielen. Masken. Gesichter.
Figuren. „heißer Schnaps" und
„wenn du den überlebst, bist
morgen g'sund".

Die Linzer haben nicht viel zu
überleben. Was mich an ihnen
stört, sind ihre Gesichter. Sie
sehen immer gleich aus. Von
jung bis alt. Die Szene von
Linz ist öd. Ich kenne keinen
Linzer, bei dem ich überrascht
bin, wenn ich ihn ein paar
Monate nicht gesehen habe. Er
sieht nach ein paar Monaten
genauso aus, wie vor ein paar
Monaten. Er sieht nach ein paar
Jahren genauso aus, wie vor ein
paar Jahren. Vielleicht ein
paar Fältchen mehr. Sonst
nichts. Der Ausdruck am Gesicht
ist der gleiche geblieben. Der
Ausdruck hat sich nicht
verändert und wird sich auch
nicht verändern. Niemand kann
mir ein größeres Kompliment

machen, als wenn er sagt: „Ich
habe dich nicht erkannt."

Dann weiß ich nämlich, dass
sich seit unserem letzten
Wiedersehen für mich allerhand
getan haben muss. Dass ich
gelebt habe. Dass ich mich von
den anderen Linzern
unterscheide. Die Linzer
verändern sich deshalb nicht,
weil niemand in Linz seinen
Durchbruch erlebt. Ich meine
den Durchbruch in der Seele,
der sich am Gesicht ausdrückt.
Ich kenne auch kaum Künstler,
die in Linz ihren Durchbruch
erlebt hätten. Ja, doch, einen
kenne ich. Den Gsöllpointner
zum Beispiel. Bezeichnend daran
ist, dass er seinen Durchbruch

mit Metall erlebt hat.

Der Gsöllpointner baut Metallplastiken. Und dafür, dass er seinen Durchbruch erlebt hat, ist er auch schon gleich Hochschulprofessor geworden. In der Literatur kenne ich derzeit niemand, der seinen Durchbruch in Linz erlebt. Es gibt keinen starken Literaten in Linz. Keinen Peter Turrini. Keinen H.C. Artmann. Keinen André Heller. Die Literatur in Linz ist keine Literatur.

Wie wird's mir gehen? Einmal schaff ich ihn noch den Durchbruch. Einmal will ich ihn schaffen. Und dann – ja dann

werde ich sagen: Ich bin nicht
aus Linz. Ich bin in Wien
geboren. Und hab nur in Linz
gelebt. Meine Entwicklung aber,
die habe ich nur in geringen
Dosen in Linz erfahren. Die
wesentlichen Stationen waren in
Mauerbach. Dort, beim Turrini.
Und in Unterach beim Attersee.
Dort, beim Gulda. Und in Wien
und in Indien. Und das mit
Indien sollte ich nicht sagen.
Denn nach Indien fahren nur die
Ausgeflippten. Die Pot-Raucher.
Die Fixer. Die Fiesesten vom
Fiesen. Ich bin auch nach
Indien gefahren. Und ich kann
nur sagen: Wer eine Dosis
Freiheit braucht, dem
verschreib ich Indien, Delhi,
Goa. Dem verschreib ich alle

Plätze, wo die fiesen
Ausgeflippten sind. Die fiesen
Ausgeflippten wissen schon,
wo's gut ist. Aber Indien ist
in Linz verpönt. Drum Linz
seinen Linzern. Jeder kriegt
das, was er braucht. Und die
Linzer ihr Linz. Die schöne
Vöest. Und die schöne
Piesenfeldsiedlung.

Es liegt schon eine Tragik über
dieser Stadt. Und eine Komik
auch. Eine tragische Komik also
oder eine komische Tragik. Und
der gleiche Ausdruck liegt auf
den Gesichtern der Linzer.

Wenn ich noch lange hier
bleibe, wird auch mich diese

Tragikomik treffen. Na dann,
Gute Nacht!

30 Jahre – 40 Jahre – 50 Jahre

Ich muss heute einmal etwas Positives über Linz schreiben. Ich muss. Ich muss. Alle meine Freunde sagen schon, dass meine Geschichten niemand wird haben wollen, weil überhaupt nie etwas Positives über Linz drin steht. Da kriegen die Leute einen Frust, sagen sie. Und wer einen Frust kriegt, liest nicht mehr weiter. Da mögen sie Recht haben, meine Freunde. Ich selbst habe schon längst den Bogen zur Realität verloren.

Ha! Jetzt habe ich etwas

Positives! Die Linzer sind handfest und haben den Boden zur Realität nicht verloren. Ich kann mir gar nicht vorstellen, dass sie den Boden zur Realität jemals verlieren werden. Schön ist das. Gut ist das. Gesund ist das. Sie sind überhaupt sehr gesund, die Linzer. Sie haben rote Wangen und durchwegs dicke Bäuche. Selten findet man wo so viele rotwangige, dickbäuchige Menschen auf einem Fleck wie in Linz. Sicher gibt es noch mehrere Länder auf der Welt wo es rotwangige, dickbäuchige Menschen gibt. Aber ich kenne zu wenige Länder. Ich kenne nur einige Länder in Europa und einige Länder in Asien. Und da

fällt mir auf, dass in Linz bei
weitem die meisten rotwangigen,
dickbäuchigen Menschen sind.

Das muss wohl seinen Grund
haben. Wahrscheinlich sind die
Linzer so glücklich. Sie haben
auch allen Grund dazu. Ich denk
gerade daran, dass Linz eine
richtige Wohlfühl-Stadt ist.
Schon alleine, wenn man die
Skyline betrachtet. Skyline ist
ein Fremdwort. Es bedeutet
Himmelslinie. Also wenn man die
Himmelslinie von Linz
betrachtet. Der wuchtige
Baukörper des Lentia 2000 fügt
sich harmonisch ins
Mühlviertel. Schlanke Schlote
von Vöest und Chemie Linz
recken sich dem Azurblau

entgegen. Liebliche barocke Kirchen präsentieren sich eingebettet in den bizarren Beton unserer Hochhäuser. Und über all dem dampft und dunstet gelbliches Gewölk. Frühling in Linz. Frühling in der Großstadt. Ich hoffe, dass bei dieser positiven Linzgeschichte nicht ein Funken Ironie oder Zynismus durchklingt. Nein. Ironisch möchte ich nicht sein. Und zynisch auch nicht. Ich habe heute Nacht Schlafpulver genommen, weil ich wahnsinnig bin. Mein Wahnsinn liegt darin, zu glauben, dass meine Ansichten von Lüge und Nichtlüge wahrhaft sind. Es ist schwer als Wahnsinnige unter Nichtwahnsinnigen zu leben. Es

ist schwer als Wahnsinnige sich selbst darzustellen.
Wahnsinnige stellen sich nicht selbst dar. Sie nehmen bestenfalls freiwillig Tabletten. Sie werden schlechtesten falls im Wagner Jauregg nieder gespritzt. Wenn ich erst mal nieder gespritzt bin, kann ich nicht mehr schreiben. Dann sitz ich stumpf und stumm in der Ecke. Und es interessiert mich nicht einmal auch nur eine einzige Schlagzeile in der Zeitung zu lesen.

Es interessiert mich gar nichts. Bestenfalls noch eine Zigarette. Und bestenfalls noch das Essen. Rauchen. Warten. Essen. Und ich werde stumpf wie

ein Stück Holz. Und ich werde
dick wie eine Wuchtel.

Man lebt nicht selbst. Man wird
gelebt. So ist das. Der Mensch
soll seine Mitte finden, sagen
die Menschen. Ich soll meine
Mitte finden, sagen sie. Und
damit meinen sie, ich soll mich
endlich an die Gegebenheiten
ihrer Realität anpassen. Die
aber sind alles andere als
meine Mitte. Meine Mitte sagt
mir, bleib wie du bist. Bleib
dir selbst treu. Bleib dir treu
und bau dir einen Turm aus
Elfenbein. Lass endlich niemand
mehr an dich ran, der dich für
wahnsinnig hält. Für
größenwahnsinnig. Für verrückt.
Das will ich tun. In Zukunft.

Schade, die Geschichte ist wahrscheinlich wieder nicht positiv geworden.

Ich sitze schon am hellen Vormittag in Traxelmayer. Beim Rotwein. Um halb neun ein Glas Wein. So was. Heute Nacht habe ich Schlafpulver genommen, weil mir Linz immer unerträglicher wird. 30 Jahre Linz und ich habe es immer noch nicht geschafft von Linz weg zu kommen. Ich glaube auch die meisten anderen Linzer haben es einfach nicht geschafft von Linz weg zu kommen.

30 Jahre.

40 Jahre.

50 Jahre. So schön ist Linz.

DER GORDISCHE KNOTEN

Ganz schön trübsinnig bin ich
heute. Draußen schüttet es
literweise den Regen von oben.
Innen in mir sieht´s kaum
anders aus. Gabi will
ausziehen. Ich habe sie wieder
einmal verletzt und es gibt
auch kaum Aussicht auf
Besserung.

Gabi zieht zum dritten Mal aus.
Mit sechzehn zuerst. Türen
knallen. Blöde Kuh, und Gabi
ist weg und ihre Kleider, ihre
Lieblingsbücher, ihr
Plattenspieler. Zittern jede
Nacht und nach ein paar Wochen

ist sie wieder bei mir. Wir
fangen ein neues Leben an und
eigentlich will sie gar nicht
weg. Sie will viel lieber mit
mir und ich mit ihr, und wir
kriegen auch alles wieder hin.
Der Ludwig war ein Riesenfehler
und der Manfred vorher auch.
Jetzt macht sie erst mal ihre
Lehrzeit fertig und dann sehen
wir weiter.

Ein Jahr ist vorüber und unsere
Vorsätze auch, und die Gabi
will wieder fort zu Walter, und
in der Wohnung von Walter kann
sie auch eine Katze halten.
Quendolin aus dem Tierheim.
Zuhause wäre das ohne dies
nicht gegangen, weil ich doch
nach den Goldfischen, den

Schildkröten, den Hamstern, den
Mäusen und den Hasen überhaupt
kein Tier mehr mag.

Ein paar Monate später ist Gabi
wieder da und mit ihr Kater
Quendolin und gelegentlich auch
Walter. Noch ein paar Monate
später gibt es den Walter nicht
mehr, denn Walter und Gabi sind
zu verschieden. Zu
unterschiedlich.

Dann genießt Gabi das Leben und
jedes Nachtlokal ist anders,
und am Schönsten ist es im
Coretto, wo man sich vor lauter
Leut nicht umdrehen kann.
Gestern Abend hat die Gabi den
Albert nach Hause gebracht. Und

ich freue mich überhaupt nicht.
Er hat ein goldenes Kreuz um
den Hals. Und viele Ketterln in
allen Farben und einen
Spitzbart und ein weißes Hemd
mit Stickerei. Und er schaut
mich blöd an und ich krieg
meine Wut. Dann mach ich das
Dümmste vom Dummen. Ich frag
den Albert, was er ist, was er
hat, was er kann und überhaupt.
Josef, denk ich im selben
Augenblick, Josef auch du warst
zornig, aber so blöd wie ich
hättest du nicht gefragt. Dabei
wusste ich die Antwort schon
vorher. „Ich bin arbeitslos",
sagt Albert und dann trifft er
mich genau am Nerv. „Ich kann
mich nicht anpassen", sagt er
noch hinten nach. Ganz

gelassen. Plötzlich ist eine
Mattscheibe da. Genau vor
meinem Hirn. Ich fange weder zu
schreien an noch zu plärren.
Ich bin einfach tot im Kopf.
Ich bin auch dann noch tot, wie
die Gabi zu mir ins Wohnzimmer
kommt und „Mamutschki" sagt,
und wie sie sagt, dass ich
bürgerlich bin und Vorurteile
habe und dass man sich wirklich
nicht so benehmen kann. Weil
ich sie verletzte und den
Albert auch. Ich bin auch noch
tot, wie ich mich ins Bett lege
und wie mir Michael mehr
Vernunft beibringen will und
mich fragt, was ich selbst wohl
sagen werde, wenn ich im Jänner
nicht mehr bei der Sparkasse
bin. Arbeitslos, werd ich

sagen, und ich kann mich nicht anpassen. Am Morgen beim Frühstück bin ich noch immer tot. Gabi deckt den Tisch für mich, für sie und für Albert.

Ich kann Alberts Gesicht nicht mehr sehen. Seinen Spitzbart nicht und nicht seine Ketterln. Ich habe genug von den Typen. Obwohl sie mir alle Leid tun und obwohl ich meine Tochter wirklich verletze. Ich will überhaupt niemand mehr sehen. Die Bürgerlichen nicht. Die Nichtbürgerlichen nicht. Und die Typen schon gar nicht.

Zu viele sind es gewesen. Zu viele. Dreckige Schuhe vor der

Wohnungstür und die Nachbarin fliegt drüber. Leere Zigarettenschachteln. Eine ungelüftete Wohnung und auch noch mehr. Der Eine hat gestern nicht gearbeitet, der Andere ist morgen krank und der Dritte geht dorthin essen wo gerade ein voller Topf steht. Der Vierte muss mit meinem Auto Bücher transportieren, der Fünfte holt meine Kohlen aus dem Keller, damit er seine Wohnung heizen kann. Denn, es ist kalt und er braucht genauso Wärme wie ich. Der Sechste bringt seine Freundin, damit sie ihn öfter sehen kann. Ich wohne nämlich in der Stadt und seine Freundin am Land. Nein, ich will den Albert nicht beim

Frühstück sehen, obwohl er vielleicht überhaupt nichts dafür kann. Wir beide haben ja kaum zwei Sätze miteinander gewechselt. Gabi sagt, dass sie ausziehen will und geht mit dem Frühstückstablett zu Albert.

Wie ich endlich nach der langen Nacht und dem Frühstück lebendig werde, ist der erste Gedanke an Goethe. Der Satz mit den Geistern, die er gerufen hat. Und was wird aus meinem Kind? Den Kummer kennt sie schon, die Gabi. Den Kummer, der einen manchmal niederschlägt. Auf den Erdboden und noch tiefer. Immer wieder hat sie sich hochgezogen, ist durch das nächste Jahr gelaufen und hat doch dabei die Augen wieder zu gemacht. „Das nächste mal", hat sie immer wieder gesagt, „wird es besser". Und dann geht sie auf die Menschen zu, weil sie glücklich sein will und weil sie die Menschen braucht. Es ist so ihre Art, dass sie die Arme ausbreitet. Ganz weit. Und auf mich zuläuft. Oder auf andere auch.

Einen Geschniegelten, sagt sie, nimmt sie nie. Denn einen Geschniegelten hält sie nicht aus. Einen Geschniegelten, sag ich, mag ich auch nicht. Das kann ich verstehen. Trotzdem.

Jetzt zieht Quendolin einen

Wollknäuel durchs Zimmer.
Verknüpft. Verknotet. Tatzt
hin. Beißt hinein. Springt in
die Luft. Der Kater ist wieder
ein Tiger und seine Krankheit
hat er längst übertaucht.

Ich starre den Kater an und es
dämmert: der Tiger spielt mit
dem gordischen Knoten.
Alexander der Große bin ich
nicht und ein Schwert möchte
ich nicht verwenden. Ich will
mit Albert reden und mit meiner
erwachsenen Tochter auch. Hände
weg, denk ich noch. Hände weg
vom gordischen Knoten.

FRÜHLING

Der erste laue Frühlingsabend.
Mitte Mai. Und man kann schon
heraußen sitzen. Wie die
Salamander sind die Leute aus
ihren Löchern geschlüpft und
jetzt sitzen sie da. Im Freien.
Beim Eiskaffee. Und bunte
Sommerkleider. Ein Genuss ist
das. Nach dem langem Winter.

Ich denke gerade daran, dass
ich schon die heutige
Mittagspause genossen habe.
Richtig genossen. Auf dem
Freinberg. Eine wahre Insel hab
ich entdeckt. Einen Spielplatz
auf dem Berg. Und die

Mittagsglocken höre ich herauf
aus der Stadt. Sonne über mir.
Wiese und eine Kinderschaukel
und eine Sandkiste. Eine Lärche
steigt auf und trillert ihr
Frühlingslied.

Schotter am Boden. Weiter weg
höre ich Männerstimmen.
Pensionisten auf einer
Parkbank. Vor mir der Blick ins
Zaubertal. Grün, hell, Wald und
Wiese. Hinter mir der kleine
Hügel und die Spielplatzmulde,
in der ich sitze. Diese
Spielplatzmulde gibt es schon
seit meiner Kindheit. Die
Spielplatzmulde und die
Sandkiste. So mit sieben etwa
bin ich nach Linz gekommen. Vom
Land in die Stadt. Vom

Bauernhof in ein Betonhaus. Von der Freiheit in die Sandkiste.

Auf diesem Spielplatz bin ich oft gewesen. Und in dieser Sandkiste auch. Nur hätte ich mir damals noch nicht träumen lassen, dass ich dreißig Jahre später wieder vor dieser Sandkiste sitze. Als Dame. Als elegante Dame. Wie sich die Linzer so ihre Bilder machen. Eine Frau in Stöckelschuhen und überhaupt mit einer ordentlichen, modischen Kleidung. Das beige Komplet. Ganz dezent. Eine Dame. Mich wundert, dass ich glücklich bin. Denn das Fassadenspiel in Stöckelschuhen und in dezenter Kleidung, in der mich alles

beengt, ist fast schon nicht
mehr aus zu halten. Von acht
Uhr früh bis fünf Uhr abends.
Und doch. Ich mach es Tag für
Tag. Stunde für Stunde.

Ja, Herr Direktor, und
selbstverständlich wird Alles
erledigt. Wunschgemäß und noch
besser. Noch schneller. Noch
präziser. Dabei stell ich mir
vor, wie ich in der Wiese liege
und es mir gut gehen lasse und
weit weg von einem Direktor und
einem Arbeitsplatz und einer
Arbeitshierarchie.

Und die Fantasie kriegt ihre
Flügel und alle Menschen sind
gleich. Und der Direktor und
ich könnten vielleicht sogar

nebeneinander in der Wiese
sitzen. Jeder ein Butterbrot in
der Hand und ein Krügel Milch
und den Duft des frisch
gemähten Grases riechen anstatt
von acht Uhr früh bis fünf Uhr
abends am Schreibtisch sitzen
und einander vor zu machen, wie
wichtig die Arbeit ist.

Warum — frag ich mich immer
wieder — spielen sie das nicht,
die Menschen. Das mit dem
Butterbrot und der Wiese und
warum spielen sie lieber
Hierarchie und Direktor und
Bankangestellter und
Abteilungsleiter und Portier.
Und ich bin oben und du bist
unten.

Linz ist sogar noch ein besonderes Pflaster. Denn Linz ist klein und jeder kennt hier jeden. Und die Leute von Linz müssen einander offensichtlich noch deutlicher vorspielen, wer oben und wer unten...Mir egal. Ich ziehe jetzt die Schuhe aus. Zum ersten Mal barfuß. Und weg mit dem warmen Pullover und weg mit den Strümpfen. Ich kann die Wiese riechen und die frischen weißen Blüten. Und die Sonne scheint auf meine nackten Füße, mit denen ich im Schotter wühle, auf den Oberkörper im leichten T-Shirt. Ich breite die Arme aus, drehe mich und spring in die Luft. Jetzt lache ich laut, weil ich daran denke, dass mich jetzt kein Mensch

mehr für eine Dame halten
würde. Elegant. Dezent. Kein
Mensch. Obwohl zwischen der
Dame und mir nur einige wenige
Augenblicke liegen. Die
Augenblicke, die die Dame
gebraucht hat, um aus den
Schuhen, den Strümpfen, dem
Pullover zu schlüpfen. Dame!
Dame!

Ach du liebe Zeit. Was ist das?
Ich sitze ja hier im Traxlmayr
und schon längst nicht mehr auf
dem Freienberg. Wie schnell sie
doch fliegen, die Gedanken.
Eiskaffee und der erste laue
Frühlingsabend. Schön war das
heute.

TRINKSCHOKOLADE

Draußen kühl. Ein wenig
frostig. Eismänner. Und der
Sommer hat sich noch nicht
durchgekämpft. Also vergess ich
wieder den Schanigarten und
sitze drinnen wie im Winter.

Ich bin gerade auf der
Schmalspur, weil ich den Zip
meiner Jeans nur mehr dann
schließen kann, wenn ich flach
auf dem Boden liege. Schmalspur
ist widerlich.

Keine Trinkschokolade zum
Frühstück. Keine
Trinkschokolade im Traxlmayr.
Im Traxlmayr gibt's die beste

Trinkschokolade von ganz Linz. Keine Semmeln. Kein Schweinsbraten. Kein Eis. Keine Bonbons. Keine Knödel. Keine Nudeln. Es ist ja eigenartig. Das ganze Jahr reiße ich mich nicht sonderlich um Schweinsbraten, Knödel, Nudeln, Trinkschokolade, Bonbons, Eis. Das ganze Jahr nicht. Aber jetzt ist die Sehnsucht riesengroß, und das Wasser läuft mir schon im Mund zusammen, weil ich beim Schreiben an Schweinsbraten, Knödel, Nudeln, Trinkschokolade, Bonbons, Eis denke. Absurd. Aber es ist so.

Das ganze Jahr essen, was Spaß macht, und nein - von meiner Figur lasse ich mich nicht

tyrannisieren. Ich nicht.
Abfällig habe ich gelächelt,
wenn die Anni auf die
Fettränder vom Schweinsbraten
und auf den Erdäpfelsalat
verzichtet hat. Nur wegen der
Figur, wo die Anni doch die
Fetträder und den Erdäpfelsalat
so mag und sich überhaupt nur
von Fetträndern und
Erdäpfelsalat ernähren könnte.
Die Anni, habe ich gedacht, ist
eben eine typisch Bürgerliche,
und recht geschieht ihr, dass
sie leidet. Wenn ihr doch die
Figur wichtiger ist als der
Sinn des Lebens, und der Sinn
des Lebens liegt ganz sicher
nicht in der Figur. Wozu
hungern? Nur, damit man ein
paar blöden Männern gefällt.

Oder ein paar dummen Modegänsen
– heuer im lila Einheitslook,
denn Lila ist gerade „in" und
ganz Linz geht demnach Lila.
Wozu hungern? Ich bin stolz
darauf, dass ich bin, wie ich
bin. Und ich ess, was ich will,
und ich denk nicht daran, mich
irgendwelchen bürgerlichen
Geschmacks- oder
Wertvorstellungen
unterzuordnen. Dann kommt der
Frühling und ich will mir eine
neue Hose kaufen, denn die alte
Jean ist schon ziemlich
ausgewaschen, und ich brauch
einfach wieder einmal neue
Sachen.

Im Hosengeschäft bestehe ich
darauf, eine Röhrl-Jean zu

probieren, obwohl mich die Verkäuferin zweimal fragt, ob ich wirklich eine altmodische Röhrl-Jean will. Heuer sind nämlich – die weiten Hosen modern. Die Arschhosen, denke ich. Ich nenne die neuen Hosen immer Arschhosen, weil sie genau um den Arsch und um die Oberschenkel herum total weit sind. Nein. Ich will keine Modehose, sage ich, wie ich in die Röhrl-Jean schlüpf. Größe 42. Und Größe 42 zwickt überall. O Gott bin ich fett und frustriert und eigentlich will ich heulen und keine Hose kaufen. Größe 38. Es war einmal. Niemand würde mir das abnehmen. Wie doch die Zeit vergeht.

Es ist eine gute Verkäuferin im Hosengeschäft. Sie sieht mich an, geht fort und kommt wieder. Schiebt wortlos drei Hosen in die Umkleidekabine. Eine rosarote. Eine brombeerrote. Eine lila. Und wie ich aus dem Geschäft hinausgehe, trage ich eine lila Arschhose und ein buntes T-Shirt. Dabei bilde ich mir ein, dass ich zehn Jahre jünger aussehe, schlank und flott weil in der Arschhose sogar mein Arsch verschwunden ist.

Ich bin wieder selbstbewusst und stolz. Weil ich praktisch bin. Eine lila Arschhose ist einfach praktisch.

Zu Hause kriegt die Gabi das große Lachen und ich krieg meine Wut. „Mama im Disko-Look", sagt sie heimtückisch und „steht dir aber gut". Demonstrativ steig ich aus der Arschhose heraus und in meine alte Jean hinein. „Schau dir die Jean an", sag ich zu Gabi, „die geht nicht mehr, die ist schon zu sehr abgewetzt." Und die Gabi lacht noch einmal, wie sie sieht, dass ich krampfhaft am Zip herum fummle. Dann aber meint sie: „Zu sehr abgewetzt ist sie nicht, aber zu eng. Du bist ganz schön fett geworden. Aber wenn du dich flach am Boden legst, lässt sich der Zip schon schließen."

Naja. Deswegen sitz ich jetzt

im Traxlmayr mit „Tee ohne" und Süßstoff. Und ich beneide die Anni mir gegenüber, die ihre Diät schon hinter sich hat und Cremekuchen futtert mit Trinkschokolade. „Hast du im Traxlmayr schon einmal Schokolade getrunken?" fragt sie harmlos. „Im Traxlmayr gibt's die beste Trinkschokolade von ganz Linz".

KÖNIGINNEN

Sonnenschein und Campari im
Freien. Im Schanigarten des
Traxlmayr. Mein Linz.

Es gibt noch mehr Schanigärten
seit die Landstraße eine
Fußgängerzone geworden ist. Und
es gibt sogar Leute, die auf
der Straße Schmuck verkaufen,
den sie selbst gebastelt haben.
Und es gibt Straßenmusikanten
und Händler, die Bilder
anpreisen und Künstler, die auf
den Asphalt zeichnen.
Linz, sie glauben die Linzer,
wird dadurch immer mehr wie die
großen anderen Städte.

Vor einer Stunde noch bin ich mit Alf hier gesessen beim Campari und Alf hat gemeint, es fällt ihm auf, dass Linz ein sauberes Städtchen ist. Ein feines, sauberes, biederes Städtchen. Und, dass er Linz deswegen liebt und außerdem hat Alf seine Kindheit da verbracht.

Dann ist Alf wieder gegangen. Zum Zug. Und sein Zug fährt nach Mailand. Ich habe Alf verstanden. Wenn ich aus Linz weg gewesen und dann wieder gekommen bin, habe ich mich jedes Mal gefreut die Stadt zu sehen. Ich habe mich – so wie Alf – über die Sauberkeit und Biederkeit gefreut und über die

Einfachheit und Klarheit dieser
Kleinstadt.

Nur, wenn ich hier lebe, leben
muss, weil eben die Umstände so
und nicht anders sind, krieg
ich manchmal das Gefühl, dass
ich diese Biederkeit, diese
Sauberkeit, diese Einfachheit
und diese Klarheit in Linz
nicht aushalten kann.

Wenn ich durch die Stadt gehe,
irgendwo in der Stadt sitze,
die Menschen beobachte, glaube
ich, sehen zu können, wie sie
denken. Neulich sitze ich auf
einer Straßenbank an der
Spittelwiese. Frau Maier,
Lehner, Berger, Müller neben

mir. Sie ist vielleicht
fünfzig. Vielleicht auch
sechsundfünfzig. Im dunkel-
blauen Kostüm, bescheiden und
ein neugieriger Blick in die
Auslage von Trachten Thalbauer.
Dort hängen ihre Kleiderträume.
Die Rüschen-Blusen und die
bunten Dirndln und das fesche
Fransentuch aus reiner
Brokatseide. Das fesche
Fransentuch ist reiner Luxus.
Aber wunderschön. Und wenn die
Sachen nur nicht so teuer
wären. Fesch sind sie. Richtig
fesch. Und wie sie sehnsüchtig
in die Auslage schaut, rutscht
ihr der Rock über die Knie,
weil damals – wie sie jung
gewesen ist – die Röcke eben so
kurz waren, dass sie beim

Sitzen übers Knie gerutscht
sind. Und Frau Maier, Berger,
Lehner, Müller lebt eben immer
noch in der Vergangenheit.

Jetzt streckt sie die Füße weg.
Geradeaus vor sich hin und
betrachtet ihre Schuhe. Ein
Plastiksack neben ihr. Eine
Korbtasche. Ein selbst-
zufriedener Blick. Die Sonne
scheint auf ihre kleine runde
speckige Nase und auf ihre
kleinen runden Oberschenkel.

Und jetzt, gerade jetzt,
scheint die Sonne auf eine
gelbe Königin, die sich im
Sonnenschein gerade eine
Zigarette anzündet, den Rauch

tief einsaugt und den Rauch
genussvoll in die Luft bläst.
Die gelbe Königin ist etwa
siebzehn, wippt ein wenig mit
den Hüften und der gelbe Rock
schlängelt sich um ihre Figur.
Unter der gelben Bluse trägt
sie keinen Büstenhalter. Wozu
auch? Mit siebzehn braucht eine
gelbe Königin ganz sicher noch
nichts, das ihr die Büste hält.
Denn mit siebzehn hält die
Büste noch von allein. Und die
rote Mähne der gelben Königin
leuchtet im Sonnenschein. Die
rote, mit Henna gefärbte,
Mähne. Henna ist derzeit „in"
unter den Siebzehn- bis
Dreißigjährigen. Die gelbe
Königin hebt die Hand, lacht,
winkt, weil sie auf der anderen

Straßenseite eine ihrer Freundinnen entdeckt hat – eine rosarote Königin.

„Damals", denkt Frau Maier, Berger, Lehner, Müller, „damals war noch eine andere Zeit. Rauchen hätten wir nicht dürfen und schon gar nicht auf der Straße. Und schon gar nicht als Mädchen. Keine Scham haben diese Teenager. Keine Scham. Und keinen Büstenhalter. Wir hätten uns das nicht getraut. Eine Ohrfeige hätten wir gekriegt. Oder Hausarrest. Und überhaupt: Wir hätten uns geschämt auf der Straße …"

„Wir", sagt sie, „Wir". Und nicht „Ich". „Ich hätte mich

geschämt" - „Ich hätte eine Ohrfeige gekriegt". Aber das „Ich" hat es in ihrer Generation nicht gegeben. Und vor allem nicht für eine Frau.

Und es soll auch so sein wie es ist. Weil es immer so war. Und überhaupt, wo kämen wir dahin. Eigentlich müsste sie mir Leid tun, die Frau Maier, Berger, Lehner, Müller. Weil sie etwas vergessen hat. Weil sie etwas nicht mehr kennt. Leben. Trotzdem – sie tut mir nicht Leid. Sie erzeugt höchstens Aggressionen in mir. Deshalb, weil sie unter allen Umständen will, dass es so bleibt wie es einmal war und weil sie fest, felsenfest immer noch glaubt, dass der Mensch anständig, ordentlich, gerade… Ja, ja… Anständig, ordentlich, gerade ist sie immer gewesen, Frau Maier, Berger, Lehner, Müller. So gerade, dass sie sich bis weiß der Teufel noch wann, immer wieder selbst angelogen hat, anlügt, anlügen wird.

Himmel, Arsch – wie starr, wie stur, wie stumm.

ZEITUNGEN

Heute Samarin und
Kopfwehtabletten. Auch der
Sonnenschirm ist eine
Notwendigkeit, denn das grelle
Licht heraußen im Schanigarten
schmerzt noch in den Augen.
Ganze zwei Stunden habe ich
geschlafen und jetzt fühle ich
mich grün und gelb, weil der
Alkoholspiegel in mir zu sinken
scheint. Der Übergang von zwei
Promille zu null Promille macht
eben immer leicht
Schwierigkeiten.

Vor ein paar Tagen flattert die
Einladung zum

„Tschinäulerkegeln" ins Haus.
Die Arbeiterkammer veranstaltet
für die Linzer Journalisten
immer zwei Kegelabende im Jahr.
Einen für die Journalisten, die
mehr reden als schreiben. Da
kommen dann immer die
Chefredakteure. Und einen für
die Journalisten die mehr
schreiben als reden. Da kommen
dann alle anderen. Und weil die
Arbeiterkammer weiß, dass
Schreiben mehr Arbeit macht als
Reden, nennt sie den Kegelabend
für die Schreibjournalisten
„Tschinäulerkegeln", was auf
oberösterreichisch soviel heißt
wie Arbeiterkegeln.

Also ich krieg die Einladung
und der Tag passt auch, weil
ich am Dienstag allein bin. Und

die Kollegen von früher möchte ich auch gern wieder einmal sehen. Und fort gewesen bin ich sowieso schon lange nicht mehr. Bei der Begrüßung gibt's gleich ein Zielwasser und viel Hallo und Erinnerungen an alte Zeiten, wie ich selber noch bei der Krone geschrieben habe. Geändert, sagen sie, hat sich nichts seit damals.

Nur die Pressekonferenzen sind fader geworden, weil es keine Witze mehr gibt. Früher, ja früher, wenn noch die alte Garde zusammengekommen ist, da hat's immer so viel Witze gegeben, aber heute ist eben eine witzlose Zeit.

„Übrigens", sagt der Wolf
„kennst du den schon? Was ist
das: klein und dünn und wird
auf Knopfdruck rot." „Ha", sagt
der Karl, „das ist der Schwanz
vom Fredl, wenn er im Mixer
steckt und seine Frau
irrtümlich auf Stufe drei
schaltet.

Nein, denk ich, geändert hat
sich wirklich nichts.

Oder doch – der
Arbeiterkammerpräsident ist um
40 Kilo leichter geworden. 26
Kilo hat er sich vor drei
Jahren in Radkersburg herunter
gehungert und 14 Kilo vor zwei
Jahren zuhause. Und seine Frau
braucht jetzt, wenn er spät

heimkommt, nicht mehr aus dem Bett aufstehen und ihm warmes Essen kochen. Dem Arbeiterkammerpräsidenten genügt jetzt ein Apfel.

Es wird immer noch ins Volle gekegelt. Einmal mit der rechten Hand, einmal mit der Linken. Zwischendurch gibt's natürlich Buffet und Most und Schnaps und Wein und immer wieder „Wie geht's dir Gerlinde?", „Was macht die Sparkasse?" und „Möchtest net wieder zurück zur Zeitung?". Mir geht's gut. Die Sparkasse macht, was sie seit 130 Jahren macht und zurück zur Zeitung will ich nicht mehr.

Für die Linzer Journalisten gibt es in Linz wichtige Tageszeitungen, wichtige Wochenzeitungen und wichtige Monatszeitungen. Jeder Journalist weiß, dass gerade er bei der wichtigsten Zeitung schreibt. Denn entweder ist seine Zeitung die Wichtigste, weil sie die größte Auflage hat oder weil sie das größte Format hat oder weil sie unabhängig ist oder weil sie eben nicht unabhängig, sondern ein Parteiorgan ist oder weil man sie schon am Abend in den Wirtshäusern zu kaufen kriegt. Und wenn gar nichts ist, dann ist sie sicher die Wichtigste, weil sie die besten Journalisten hat.

Für den Großteil der Linzer
Bevölkerung ist das anders. Für
die Linzer gibt es in Linz nur
eine wichtige Zeitung – die
Oberösterreichische
Nachrichten. Denn „Die
Oberösterreichischen
Nachrichten" ist die Zeitung,
mit der man sich sehen lassen
kann.

Bevor ich diesen Werbetext
gehört hab, habe ich immer
geglaubt, dass eine Zeitung zum
Lesen ist. Heute Morgen habe
ich den Hinterberger Franz bei
der Straßenbahnhaltestelle
getroffen. Er fährt neuerdings
mit der Bim, weil sein Auto
kaputt ist. Der Hinterberger
hat sich mit den

Oberösterreichischen Nachrichten sehen lassen, und die Schlagzeile die ich gelesen habe, passt genau zu seiner Krawatte: „Jeder Dritte flüchtet nach dem Unfall vor dem Malus."

Die Kronen-Zeitung wiederum ist eine Zeitung mit der man sich nicht sehen lassen soll. Denn wenn ein Linzer offen zugibt, dass der die Krone lieber mag als die Nachrichten wird er von seinem Gegenüber nicht für Voll genommen. Aber das macht der Krone nichts. Sie dürfte trotzdem sehr eifrig gelesen werden. Denn ich kann mir nicht vorstellen, woher sonst die hohen Auflagen kommen könnten.

Oder lässt der Dichand vielleicht doppelt so viel drucken wie verkauft wird. Oder nicht? Oder doch?

Ich selbst lese lieber die Kronen-Zeitung. Denn die Krone ist wenigstens handlich und mit der Krone stören wir uns nicht beim Frühstück. Die Gabi und ich. Was den Inhalt der OÖ-Nachrichten, der Krone oder sonst einer Zeitung betrifft, so ist es im Grunde völlig gleichgültig, was einer zur Buttersemmel verzehrt. Den Hepo oder den Staberl. Oder fast privat oder Adabei. Große Unterschiede gibt es da nicht. Große Unterschiede gibt es auch nicht bei der übrigen

Berichterstattung.

Ganz sicher sind alle Linzer
Zeitungen für die Freiheit und
gegen die Anarchie. Für den
Alkohol und gegen Haschisch.
Für die Emanzipation und gegen
einen weiblichen Chefredakteur.
Die Kammer-Nachrichten sind
sogar nicht nur gegen einen
weiblichen Chefredakteur, sie
sind überhaupt gegen Frauen.
Vor ein paar Jahren hab ich den
Chefredakteur gefragt, wie das
so ist. Meine Tochter Gabi
möchte nach dem Gymnasium in
die Lehrredaktion der Kammer-
Nachrichten. Weil sie
Journalistin werden will.
„Nein", hat er gesagt, „wir
nehmen überhaupt keine Frauen."

Dass er den Frauen nämlich nicht zutraut einen Wirtschaftsartikel zu schreiben, hat der Chefredakteur nicht gesagt.

Dafür hat mich aber neulich der Vater von Benno gefragt, was ich arbeite. Und wie ich erzähl, das ich die Pressestelle der Sparkasse leite, war eine Gesprächspause. Dann schaut er mich an von oben bis unten und schließlich sagt er: „Ja können Sie denn so was?" Der Vater von Benno ist Kriminalbeamter bei der Linzer Polizei und wie das halt so ist. Ich als Frau hab mich nicht getraut, ihn zu fragen ob er das auch kann.

Trotz allem muss ich um der Gerechtigkeit willen doch feststellen, dass im Journalismus eine Frau immer noch gleicher als in irgendeinem anderen Job und ich kann mir letztlich auch noch eher vorstellen, dass der Chefredakteur der Linzer Kronen-Zeitung eine Frau ist, als dass der Generaldirektor der Linzer Sparkasse eine ist.

Bis zwölf Uhr war ich beim Kegeln. Dann hat sich die Runde aufgelöst. Ich wollt' noch nicht heim und gehe mit dem Michael ins Coretto. Um eins will der Michael heim zu seiner Frau. Ich treff den Sigi. Und um drei Uhr früh lieg ich mit dem Sigi im Bett und bumsen ist schön, wenn man niemandem Rechenschaft schuldig ist. Wenn man bumsen, wann man will und mit wem man will und wo man will.

Und beim Einschlafen denk ich noch an den guten alten Willi Reich … Und ich denk an die Arbeiterkammer, das Kegeln und der Tag hat auch gepasst. Und fort gewesen bin ich sowieso schon lange nicht mehr.

IN DIESER STADT – IN DIESEM LAND – IN DIESER ZEIT

Ich bin zurück. Zurück aus Korsika. Urlaub. Sonne. Fischerhütte. Meer. Gerüche. Napoleon mit Rucksack und zwei Skorpione im Sand. Strandfeuer um Mitternacht. Schlafen im Kiesel. Über mir der blanke Sternenhimmel. Klippenspringen. Tauchen. Fische fangen. Bunte korsische Fische.

Und jetzt Linz. Es ist kalt und regnerisch und Winter im Juli. Die Wohnung wird geheizt. Die Wäsche trocknet nicht. Alte

Probleme. Wie komme ich zu
Geld, damit ich die Bank
vergessen kann. Die unerledigte
Sache mit der Mutter. Die
Badehütte reparieren oder
nicht. Ein neues Auto oder
nicht. Was ziehe ich heute an.
Die alte Rolle und ein neues
Versteckspiel Dazwischen der
Regen. Frust und Frost in der
engeren Heimat. Mir ist kalt.
Ich trage wieder einen Mantel.
Meine Gedanken – ich will so
rasch wie möglich wieder weg.

Die erste Geschichte über Linz
nach dem Urlaub. Walter
getroffen. Im Traxlmayr. Walter
ist braungebrannt. Vier Wochen
Griechenland mit Familie. Vier
Wochen keine Zeitung für die er

schreiben muss, denn Walter ist
Journalist. „Die Geschichten,
die ich schreibe, sind alles
Mist. Scheiße. Wozu?", sagt er.
In einer anderen Umgebung
entdeckt man erst die
Belanglosigkeit seiner Arbeit.
Genauso gut wie er über
Kulturpolitik schreibt, könnte
er Jerry Cotton schreiben.
Jerry Cotton ist auch nicht
mehr Arbeit als Kulturpolitik.
Und Mist ist beides. Jerry
Cotton könnte man überall
schreiben in Afrika im Busch.
In Kanada im Wald. In Korsika
am Strand. Und was man wohl tun
könnte, um an einen Jerry
Cotton Auftrag heran zu kommen.
„Das ist wie beim Simmel", sag
ich, „da gibt's ein ganzes

Schreibbüro, das produziert,
und genauso gut kannst bei der
Zeitung bleiben." „Ja", sagt
Walter. „Wahrscheinlich bleib
ich bei der Zeitung und in 14
Tagen geh ich noch einmal auf
Urlaub."

„Mich interessiert überhaupt
nichts mehr", sagt er noch,
„nur Schnakseln und Weiber."
Und jetzt mischt sich der
Albert Berger ins Gespräch.

Die ganze Zeit über hat er
dagesessen. Sinniert. Die Leute
im Traxlmayr beobachtet. Albert
beobachtet gern die Leut, im
Traxl und auch sonst überall.
Und später malt er sie dann,
die Szenen, die Menschen, Linz.
Albert hat drei Frauen gehabt.
Mit der dritten ist er noch

beisammen. Und eine Menge
Kinder hat er auch. Und sein
Leben war hart, weil er eben
Maler ist und lange nichts
verdient hat. Jetzt verdient
er, ist arriviert, und der
Bürgermeister hat ihm zum
Geburtstag gratuliert. Aber
nach all dem, was Albert früher
mit Linz, den Linzern und dem
Bürgermeister erlebt hat, sind
ihm heute überhaupt alle
Gratulationen wurscht. „Die
Weiber", sagt Albert zu Walter,
„die Weiber sind alle blöd.
Schau sie dir an. Nichts als
eine Fut und im Hirn haben's
Vogeldreck." Dabei zeigt er auf
ein paar Mädchen uns gegenüber
und die Mädchen tun so als ob
sie nichts gehört hätten. Ich

habe immer geglaubt, dass der Albert mit seinen 40 oder 50 Jahren schon über den Frauenhass hinaus ist. „Was heißt Frauenhass?", sagt er, „Schau dir die Welt an. Sie wird von der Fut regiert. Hinter jedem Mann steht eine Fut. Und das Ergebnis kannst überall sehen." Und der Berger Albert bekräftigt, dass nur der Mann die Wahre, die echte Kreativität in sich trägt, von Geburt aus sozusagen. Weil er eben ein Mann ist. Oja, auch die Frauen entwickeln manchmal eine Kreativität. Aber bei den kreativen Frauen kann man sehen, wie sie vermännlichen.

In Wahrheit aber steckt die

Kreativität einer Frau nur in ihrer Fut.

Was der Albert wohl erlebt haben wird mit seinen drei Frauen, dass er so ein Weltbild hat?

Wir sind ganz schön in Fahrt. Und eine Diskussion bahnt sich an. Emanzipation. Politik. Immer wieder das gleiche. Nach einer Stunde wechseln wir das Lokal. Wir wollen weiter reden, weiter trinken. Schlosscafé und noch ein Viertel.

Felix und Walter erzählen was mit dem O.P.-Kino passiert. Statt guter Filme wird's dort in Zukunft nur noch Hamburgers

und Fleischlaberl geben. Denn
die Grita Brause sperrt das
O.P.-Kino zu und niemand tut
was, obwohl es vielen leid
darum ist. Und Felix und Walter
reden weiter. Subventionen
brauchen die Beiden. Sie würden
alles allein machen. Aber das
mit den Subventionen ist so
eine Sache und letztlich wird
das O.P.-Kino untergehen und
das Leben weiter.

Ich glaube nicht, das Walter
und Felix genug Subventionen
kriegen werden für ein neues
Kino. Kramer gegen Kramer im
Kolosseum, der Weiße Hai im
Apollo und die Rocky Horror
Picture Show im Lifka. Das ist
mehr als genug. Fleischlaberl

gegen Kino und Linz wieder
einmal so wie es immer war.
Jetzt kaufen die Fresskonzerne
alles auf und früher waren es
die Banken. Wahrscheinlich hat
der Berger Albert doch recht.

Es ist schon spät und in der
Rainerstraße gibt's eine neue
Disco. Im Salut sitzen die
Poppers von Linz, die Poppers,
das ist die neue Jugend. Sie
sind die Spitze des zuckersüßen
Eisberges, zu dem wir alle
geworden sind. Ab 21 Uhr geht's
von einem „In"-Lokal ins andere
und die kleine Linzer Szene ist
groß genug für alle, die daran
teilhaben wollen. Poppers und
Whiskey und Pernod und bei Bob
Marley hat Walter sein Reserl

wieder getroffen. Im Salut Sein Reserl, das er seit sieben Jahren kennt. Seit sieben Jahren Reserl zum drüber streuen nach der letzten Disco um drei Uhr früh. „Mein Reserl", sagt der Walter und greift ihr auf die Titten, denn Walter ist schon zu alt um ein Popper zu sein. Reserl schaut mich an. Verlegen. So will sie nicht – die Reserl. So nicht. Und Walter steckt seine Zunge raus und schleckt ihr Gesicht ab. „Reserl, mein Reserl."

Noch einen Pernod für mich. Bis mir schlecht wird. Den ersten Teil kotz ich auf den Spannteppich vom Salut, den zweiten Teil ins Männerklo. Und

Steve ist da. Hält meinen Kopf unter die Wasserleitung. „Es ist mir peinlich", sag ich. „So geht's uns allen einmal", meint Steve.

Später bringt mich Walter noch bis zum Lifka-Kino. „Heulen könnt man in dieser Stadt", sagt er. Heulen könnt man in dieser Stadt, in diesem Land, in dieser Zeit. Nur nicht sentimental werden. Nur jetzt nicht sentimental werden. Kopf hoch, Walter.

JOHN WAYNE

Wie sich der Sonntag in Linz
präsentiert. Es ist Vormittag.
Halb zehn. Auf der Domuhr.
Tobias liegt noch im Bett und
wie ich aufsteh, fragt er im
Halbschlaf ob ich sauer bin.
Wegen John Wayne. Nein, sag
ich. Wegen John Wayne bin ich
nicht sauer. Ich steh auf John
Wayne, auf den Fernsehapparat
und auf Tobias. Es ist Sonntag
in Linz und der Planet strahlt
wieder so wie gestern am
Zwölferhorn.

Tobias, Rolf und ich fahren mit
der Gondel aufs Zwölferhorn,

weil Tobias mit seiner
Venenentzündung nicht gehen
kann. Weit oben setzen wir uns
in die Landschaft. Sehen
herunter auf die Spielzeugwelt.
Der Wolfgangsee, ein kleines
Bassin mit vielen Papierbooten,
eingerahmt von Wiesen, Hügeln
und Spitzenbergen aus
Pappmaschee.

Der Schnell auf den Gipfeln ist
Zuckerguss. Direkt kitschig.
Ein breites Tal, verschleiert
im Dunst der Hitze. „Schau
dorthin, in das Tal", sagt
Rolf, „es sieht aus wie eine
Ioni. Eine übermächtige
Vagina."

Ich sehe die Vagina auch und

schreib's nieder in mein
Tagebuch: Das Tal vor mir unter
mir eine riesengroße Vagina aus
der sich der Wolfgangsee
ergießt. „Nein", sagt Rolf, „du
kannst doch da nicht mit-
schreiben im Gebirge." „Wieso?"
frage ich. „Meine Sätze sind
streng vertraulich", meint er.
„Sieh hinunter" und dabei zeigt
er auf eine Autostraße. Winzig
klein Rund um den See. „Du
kannst dir da heut ansehen, wie
1998 die Russen über die
Wolfgangseestraße wetzen. Stell
dir das vor. Stell dir das
wirklich vor. Und du sitzt
heroben in so einem denk-
würdigen Augenblick und
schreibst mit." Ich stell mir
also die Russen vor und

dazwischen kommen die
Touristen. Die Deutschen. Die
Holländer. „Oh my God, isn't
it", meldet sich eine
Engländerin, wie sie auf die
Vagina schaut. Und auf die
Autostraße mit den Russen im
Jahr 1998. Die Touristen gehen
ins Tal hinunter und ich sitz
auf der Tafel –
„Lawinengefahr".

Nein, denk ich, jetzt im August
gibt's keine Lawinen und ich
frage mich, ob ich auch sitzen
bleiben würde, wenn
„Steinschlag" auf der Tafel
stünde. Ich glaub schon, sag
ich zu Tobias und Rolf, dass
ich sitzen bleiben würde, denn
es wär doch interessant zu
erfahren, was ich fühle, wenn

eine Engländerin am dritten
August 1980 um mittel-
europäische Zeit 16 Uhr 32
Minuten 48 Sekunden in 1446
Meter Höhe am Elferstein der
Zwölferhorns von einem
Felsbrocken getroffen wird,
weil ich auf der Tafel
„Steinschlag" sitz: Tobias und
Rolf regen sich auf. Über meine
Brutalität, sagen sie. Und
Tobias fällt ein, dass zu mir
am besten ein Freak mit viel
Geld passen würde. So einer wie
der Eberhart aus Köln, den wir
in Korsika getroffen haben. Der
Eberhart, der Berufsschullehrer
für Metallbau in Köln, der sich
als Indianer fühlt und immer
mit einem Band um die Stirn
gegangen ist.

Wie wir den Eberhart zum ersten
Mal sehen, glauben wir beide,
dass er ein Giftler ist. So
dünn und heruntergekommen und
das Stirnband und die langen
Haare. Später kommen wir drauf,
dass der Eberhart
Diplomingenieur ist, ein
Vermögen geerbt hat und dass er
nur arbeitet, weil ihm fad. Und
wenn er nicht arbeitet, freakt
er durchs Mittelmeer. Eberhart.
Der neue Märchenprinz. Ein
Freak mit viel Geld.

Nach dem Zwölferhorn und dem
Wolfgangsee kommen wir nach
Hause. Am Abend. Müde. Satt.
Zufrieden. Der erste Weg vom
Tobias ist zum Fernseher. Ein
Knopfdruck und die letzten zehn

Minuten von der
„Glasmenagerie". Dann kommt der
Pfarrer zum Samstag Abend. Dann
wär John Wayne.

Beim John Wayne bin ich sauer.
Weil ich ihn nicht mag, den
alten Faschisten im Sattel. Und
weil ich mich auf einmal
zurückerinnere. An die Jahre
mit Josef. Heimkommen. Und ein
Druck auf den Fernsehknopf.
Sport am Montag und Österreich
– Ungarn. Zeit im Bild. Club
zwei und John Wayne.

Dazwischen die Kinder von klein
bis groß und immer wieder
„Ruhe, Ruhe", und der Fernseher
läuft mit dem Programm, dass

sich Josef wünscht. Dazu Nudelsuppe und am Sonntag ausschlafen und Mittag der Schweinsbraten. Bis Josef aufwacht am Sonntag Mittag ist die Wohnung aufgeräumt, die Kinder sind gewaschen und geputzt, das Badezeug ist hergerichtet mit der Jause, die Krone gestohlen, und die Knödel dampfen. Damit der Josef gleich essen kann, wenn er munter wird. Nie wieder, hab ich mir damals geschworen. Nie wieder.

Nach dem Josef ist Rolf gekommen, nach dem Rolf der Tobias. Und es gibt wieder den Fernsehknopf und John Wayne im Sattel. Und einen Sonntag Vormittag in Linz. Der neue

Märchenprinz, denk ich, ein
Freak mit viel Geld wie der
Eberhart. Gar keine so blöde
Idee.

EINBETTZIMMER

Später Nachmittag und genug von
der Arbeit für heute. Eine
Geschichte noch im Traxlmayr.
Worüber? Wozu? Wozu schreib ich
überhaupt diese Geschichten?
Und wer weiß ob sie jemand
interessieren. Wen interessiert
schon, das gegenüber vom Traxl
jetzt ein großer Kran steht.
Ein großer Kran, der die
nächsten zwei Jahre das Bild
der Promenade beherrschen wird.
Promenade mit Traxlmayr,
Landhaus und Kran. Der Kran
steht vor der Sparkasse, weil
die Sparkasse umgebaut wird.
130 Jahre Sparkasse und die
Fassade unter Denkmalschutz. Es

ist eine schöne Fassade und eine schöne alte Schalterhalle. Die Schalterhalle ist nicht 130 Jahre alt. Deswegen darf sie geschliffen werden. Die schönste Schalterhalle von Linz kommt jetzt unter den Hammer. Unter den Kran. Modern, dynamisch, aufgeschlossen.

Vor 50 Jahren noch wollte man eine große geräumige Schalterhalle. Viel Marmor. Viel Raum. Viel grün. In zwei Jahren wird es quadratische Kästen geben, oder runde. Und die Decke wird um etliche Meter tiefer gezogen. Hoffentlich, denke ich, fällt sie uns nicht einmal auf den Kopf, diese Decke. Nein, mir sicher nicht,

denn bevor sie mir auf den Kopf
fällt oder bevor sie mich
niederdrückt, gehe ich dort
nicht mehr hin. Ganz einfach.
Ich muss ja nicht. Statt in die
neue Schalterhalle kann ich ja
am Römerberg-Spielplatz gehen.
Der Spielplatz am Römerberg ist
etwas besonderes. Neulich war
ich wieder dort. Alles aus
Holz. Aus richtigem Holz. Der
Mensch, der den Römerberg-
Spielplatz entworfen und auch
tatsächlich zur Ausführung
gebracht hat, muss ein
Verrückter sein. Der hat doch
an ein Indianer-Fort gedacht,
an ein Turmhaus, eine
Sandlandschaft, an einen
Autoreifen zum Schaukeln und an
einen alten Baum. Unter dem

Turmhaus wächst ein
riesengroßer Baumschwamm. Jetzt
nach 14 Tagen wächst er immer
noch. Wahrscheinlich sind die
Leute vom Gartenbauamt
nachlässig, weil der Baum-
schwamm nach 14 Tagen immer
noch unter dem Turmhaus darf.
Gedeihen darf. So wie die
Kinder im Indianer-Fort auf den
Spuren von Karl May. Wer, frag
ich mich, von den vielen
Kindern, liest heute noch Karl
May? Ich hab schon wieder den
Arsch offen, weil ich an alte
Zeiten denk. An Karl May und an
die Eisenbahnbrücke und an das
Lagerfeuer unter der
Eisenbahnbrücke von zehn bis
16. Mit zehn sind wir für das
Lagerfeuer noch nicht geprügelt

worden. Mit 16 bin ich dafür in der Mozartstraße gesessen. Einbettzimmer mit Klo. Eine Woche lang. Wie ich 16 gewesen bin, war die Mozartstraße noch in Betrieb. Und der Polizist, der mich gedroschen hat, weiß heute sicher nicht mehr, dass ich immer noch an ihn denke. Für ihn war das alles ganz normal. Ganz selbstverständlich. Er war ja alt genug für das Genie, das die Welt aus den Angeln gehoben hat. Von Linz aus. Ja. Ja. Auch Linz hat Geschichte. Weltgeschichte. Und die Vergangenheit ist nicht vergessen, weil jetzt, gerade jetzt, vom Spielplatz am Römerberg zum Lagerfeuer unter

der Eisenbahnbrücke das Gesicht
eines Polizisten mit
Gummiwurscht erscheint.

Lederjacken. Ein Plattenspieler
mit Batterie. Elvis Presley **und**
„I want you, I need, I love
you". Die Halbstarken von
damals sind heute stark. Die
Prügelpolizisten von damals
sind heute normal. Hitler im
Hirn und ein Genie war er doch.
Die ganze Welt aus den Angeln
gehoben und mich ins Gefängnis.
„Sternchentiger", hab ich
gesagt, „Sternchentiger" und
ein harter Griff am Arm und ein
Verhör in der Mozartstraße.

„Warum", sagen Sie, „zündest du

die Donaulände an?" „Ich habe
die Donaulände nicht
angezündet", sag ich, und „ich
brauch ein Glas Wasser, weil
ich durstig bin." Ich habe ein
Recht auf Wasser. Ja, ich habe
ein Recht auf Wasser und nehme
das Glas und schütte es dem
Prügelpolizisten ins Gesicht.
Vorbestraft bin ich nicht. Noch
nicht.

Heute schreib ich Berichte über
Habenzinsabkommen und Transfers
in der Geldmarktpolitik. Wie
sich die Zeiten ändern und wie
ich mich freu über den
Spielplatz auf dem Römerberg.
Teuflisch geht's manchmal zu.
Der Ober verpasst mir gerade
eine kalte Dusche. Den

Eiskaffee hat er noch
geschafft, das Mineralwasser
nicht mehr. Er gießt's über
mich und mein Tischnachbar
meint, ich soll in Zukunft
immer mit einem Badetuch gehen.
Zumindest ins Traxlmayr, damit
ich bei den Geschichten die ich
so produzier, wenigstens hinten
nach im Trockenen sitzen kann.
An und für sich, denk ich,
machts mir nichts aus. Das mit
dem Wasser. Fliegen kann ich
nicht. Aber wenigstens
schwimmen.

RASIERKLINGEN

Sommer in Linz und ein Bad im
Weikerlsee. Im Weikerlsee darf
man jetzt nackt. Der Weikerlsee
ist viel schöner als der
Pichlingersee. Intimer. Viel
Au. Viel Gebüsch. Kein Betonweg
zum Promenieren Keine
Gepflegtheit. Viele Nackte am
Weikerlsee. Wir. Wir, wie wir
sind.

Eine Tafel – Das Mitnehmen und
Baden von Hunden ist verboten.
Einer hat seine Boa mitgebracht
und seinen Leguan. Viele
Nackte, eine Boa und ein Leguan
am Weikerlsee. Die Boa und den

Leguan hat jemand mitgebracht,
der seine Boa und seinen Leguan
schwimmen lassen will. Der
Leguan schwimmt. Die Boa
schwimmt nicht. Ich treffe
Bertrand, den Fotografen, ganz
privat mit einer neuen
Freundin. Hätte mich auch
gewundert, wenn ich Bertrand
mit einer alten Freundin
getroffen hätte. Bertrand ist
nahtlos braun von oben bis
unten und die goldene Kette mit
dem Kreuz hebt sich wunderbar
ab vom dunklen Hals. Mit einem
goldenen Kreuz um den Hals
gehen viele fesche Männer in
Linz.

Im Winter habe ich den Bertrand
mit einer goldenen Rasierklinge
um den Hals gesehen – und den

Edwin übrigens mit einem silbernen Taschenrechner. Alles ist möglich. Jetzt sehe ich eben Bertrand mit dem Kreuz und wahrscheinlich ist er im Sommer heilig geworden.

Die Freundin, die er mitgebracht hat, wird demnach wohl die Letzte sein. Ich allein kenn von Bertrand zwölf Freundinnen – jetzt 13 – und seine geschiedene Frau. Maria kennt vier andere. Anni sechs.

Mimi, die mir Bertrand am Weiklersee gezeigt hat, ist sonnig. Nach einer Viertelstunde erzählt sie, dass sie sehr glücklich ist mit

Bertrand, dass sie ihn schon drei Monate kennt und sie gern mit ihm zusammenbleiben will. Leider hat Bertrand so wenig Zeit, weil er doch Pressefotograf ist. Dafür sind sie neulich mit seinem BMW und dem Presseschild im Linzer Stadion gewesen. Bertrand hat nicht am großen Parkplatz stehen müssen. Er durfte direkt zum Eingang fahren wegen dem Presseschild und weil Bertrand schon alle kennen. Später ist er sogar auf das Spielfeld gelaufen, hat fotografiert und nachher haben alle Leute auf den Bertrand, die vielen Kameras und auf Mimi geschaut. So, wie ich Bertrand kenne, wird er nicht nur die Fußballer

fotografieren. Auch Mimi. Weil
sie schön braun ist. Nahtlos
braun. Nach dem Weikerlsee sind
wir hinausgefahren. Zum
Mostbauern in Rohrbach. Zum
Wolfschlager, dem Bauernhaus,
das heute ein Wirtshaus. Vor
ein paar Jahren noch waren wir
die ersten. Die ersten Gäste.
Wanderer. Hungrig. Durstig.
Müde nach einem Spaziergang in
St. Florian und der Museums-
besichtigung in Hohenbrunn. Der
Wiesinger Karl und ich. Wir
sitzen im Hof. Hören die
Schweine grunzen und die Katzen
streichen um unsere Füße. Die
Bäuerin bringt Schmalzbrote und
Most, setzt sich zu uns,
erzählt von der Feldarbeit. Der
Karl liest eine Geschichte aus

seinem Bauernroman und mein Beitrag ist die Erinnerung, wie der Schimanko Franz und ich im Stift waren. Beim Präfekten Leitner, der eine Verkühlung hatte und uns trotzdem in der Nacht noch aufgemacht hat.

Am Weg nach Haus ist dem Schimanko Franz der Sprit ausgegangen. Aber ich konnte ihn retten, weil die Benzinuhr bei meinem alten 2 CV kaputt war und ich immer einen Reservebenzin dabei hatte. So ist der Schimanko Franz doch noch rechtzeitig nach Haus gekommen um vier Uhr früh zu seiner Ulli, und die Verkühlung vom Präfekten war auch vorüber am nächsten Tag. Alles hat

seinen Sinn. Das haben die
Wolfschlagers auch entdeckt.
Heute fahren viele Linzer zum
Mostbauern nach Rohrbach, der
jetzt ein Bierschild hat. Die
Schmalzbrote sind noch genauso
gut. Wenn auch doppelt so
teuer. Aber dies wiederum mag
nicht an den Wolfschlagers
liegen. Es wird eben alles
teurer mit der Zeit. Die
Schmalzbrote. Die Leguane. Die
Bertrands. Die Mimis. Und auch
die Rasierklingen für den Hals.

UNTERGRUND

Schon wieder Bob Marley auf dem Plattenteller. Immer wieder Bob Marley. Ich sehe Jamaika Das andere Jamaika Rastas. Reggae. Hanffelder in den Bergen. Das verbotene Kraut. Das fünfblättrige Ganja. Marihuana. Haschisch.

Gedankenfreiheit und das Wissen um eine andere Realität. Nicht nur die Eine. Was ist gut? Was ist böse? Du bist artig. Ich bin unartig. Man hat. Man kann. Man darf. Vor allem darf man nicht. Und das Halali-Geschrei dazu.

Ich sitze im Traxlmayr und stelle mir vor, wie es wäre, wenn …

Ein Joint gegen ein Strafmandat. Zehn Joints gegen eine Gummiwurscht. Mein Gott! Die Kinder! Das Leben! Rauschgift. Es ist besser wir saufen. Und ein ordentlicher Rausch hat noch keinem Mostschädl geschadet. Ach wie gut, das niemand weiß, dass ich Rumpelstilzchen heiß.

Apropos heiß:

Die Sache mit dem verbotenen Kraut hat sich auch in Linz schon herumgesprochen. Irgendeine Untergrund-

organisation macht Propaganda.
Und Linz ist sowieso immer
hinten nach. Der Untergrund
arbeitet mit modernen
Werbemethoden und benützt
Sprühdosen und dauerhaften
Lack. Im Schneeballsystem wird
Linz verziert. Jeden Tag werden
die Häuser zahlreicher, die das
Marihuana-Brandmark tragen.
Dazu kommt der vergebliche
Versuch der Hausbesitzer, die
Delikte wieder abzureiben.
Mittlerweile ist Linz
verseucht.

Neulich gehe ich beim Kepler-
Denkmal am Schlossberg vorbei.
Schon am Richtungspfeil
„Donaublick" sehe ich die
Bescherung, die beim

ehrwürdigen Kepler in
Blasphemie gipfelt. Der
Astronom trägt in der rechten
Hand sein Buch. So wie immer.
In der linken einen Strauss
Poliantyrosen und zu seinen
Füßen in dauerhaften Lack die
Fünfblättrige. Die
Poliantyrosen und die
Fünfblättrige sind neu. Ich
habe Kepler immer schon
gemocht. In Linz liegt das
Kraut derzeit in poleposition
und vorläufig steht es 2:1 für
den Untergrund. Auch Linz hat
seinen eigenen Untergrund.
Seine Subkultur. Seine U-Boote.
Soho ist Altstadt und Harlem
die Donaulände.

Donaulände und Altstadt haben

Charakter. Die U-Boote nicht. Mit der Zeit verändern sie sich in weiße Yachten und tauchen auf am Attersee. Aus der Subkultur wiederum wird irgendwann einmal eigenständige Kultur, die im Smoking und Abendkleid ins Brucknerhaus einzieht. „Wir werden alle reifer", erzählt mir Tommi, der jetzt Thomas genannt werden will. Und den Timothy Leary hat er auf Beethoven umpudert. Joints zieht er noch immer durch. So als Erinnerung an alte Tage. Sie sind ihm lieber als Wein. Und wie ist das mit seinen Kindern, frag ich? „Mit den Kindern? – Na du bist blöd. – Glaubst du wirklich, ich erlaube, dass meine Kinder

Joints rauchen?"

Ich glaube gar nichts, denke
ich. Höchstens an Beethoven und
an die Ars Electronica. Die Ars
Electronica steigt wieder in
ein paar Wochen. Dieses
musikalische Spektakulum des
20. Jahrhunderts. Ich freue
mich über den Trotzkopf unseres
Landesstudio-Intendanten und
weiß wie er, dass eine Sache
selbst vom hartnäckigsten
Gegner anerkannt wird, wenn sie
nur mit dem richtigen
Stehvermögen durchgezogen wird.

Voriges Jahr haben die Linzer
noch gelacht über die
Klangwolke, die dem
Pöstlingberg mit dem Freinberg
und dem Brucknerhaus zum
dreieinigen Mega-Hertz

verbunden hat. Aus allen Teilen der Erde sind die Journalisten gekommen und haben darüber geschrieben.

Die Verpflegung im Tourotel war gut und das Flugticket hat nichts gekostet, erzählt Gerhard. Ich bin neugierig, ob die Linzer heuer wieder lachen, und wenn ja, dann warum. Jedenfalls freue ich mich auf das Festl. Auf die Stahlsymphonie. Auf die vielen Synthesizers und ich hoffe, dass nicht nur der Himmel über Linz an diesen Tagen erleuchtet wird.

NACHWORT

Als Tochter von Gerlinde
Obermeir sehe ich mich berufen
diese Geschichten, auf Grund
ihrer zeitlosen Thematiken,
noch einmal aufzulegen.

Die Sprache und Schrift wurde
nicht verändert. Bewusst wurde
der oberösterreichische Stil
aufrecht erhalten. Lediglich
der Umfang und das Format
stellen sich anders dar.

Als „Linzer Ei" erregte in den
80ern das Buch großes Aufsehen
in Linz. Diese ehrliche und
unverblümte Art der
Heimatlektüre überraschte die
LeserInnen schon damals.

Gerlinde Obermeir war eine Schriftstellerin, die sich ihrem Sprachrohr bewusst war und mit viel Anarchie und Witz den LinzerInnen entgegen kommt.

Gabriela Obermeir

Wien im Oktober 2014

Herstellung und Verlag:
BoD - Books on Demand, Norderstedt
ISBN 978-3-7386-0137-4